光文社文庫

長編時代小説

息《い》吹《ぶ》く魂

父子十手捕物日記

鈴木英治

光　文　社

目次

息吹《いぶ》く魂　父子十手捕物日記

第一章　かぼちゃ籠一杯

一

足音が響いてきた。

眠りが浅くなった。

誰かが廊下をやってくる。

いや、誰かなどではない。この屋敷には、自分以外、あと一人しかいないのだから。

足音にただならなさを感じて、御牧文之介《みまきふみのすけ》は目をあけ、体を起こした。

雨戸の節穴や隙間《すきま》から入りこんだ幾筋もの光が腰高障子《こしだかしょうじ》を通じて部屋に忍びこみ、じんわりと明るさをもたらしている。

かたわらの布団に、すでにお春《はる》の姿はない。ついさっき起きだしていったのは、気配でわかっている。

お春は朝餉《あさげ》の支度のために台所へ向かったが、その前に外に出て、木戸《きど》をあけ放ったはずだ。

木戸をあけているところに、急な知らせをたずさえて町奉行所《まちぶぎょうしょ》から駆けこんできた者がいたのか。

だが、眠りながらもそんな気配は微塵《みじん》も感じなかった。

いったいなにがあったのだろう。

ほんの短いあいだに、文之介はそこまで考えた。

足音が部屋の前でとまった。小さな影が腰高障子に映り、ひざまずく。やや遠慮がちに文之介を呼んだ。

鈴を転がしたようなかわいらしい声で、それをきいただけで、文之介の胸は高鳴ってくる。昨夜のように、ぎゅっと抱き締めたい。

だが、そんなことをしたら、またも抱き締めるだけでは終わらないだろう。

「もう起きているよ」

文之介は昂《たか》ぶりを抑えこんで告げ、手を伸ばして腰高障子を滑らせた。

廊下にそっと正座をしているお春が、控えめに見あげてきた。上気し、わずかに汗が浮いている。

眉《まゆ》は剃《そ》っておらず、お歯黒《はぐろ》もしていないが、新妻らしい初々《ういうい》しさがまぶしいほどだ。

「あなた、かぼちゃが」

一瞬、お春がなにをいっているか、文之介はわからなかった。

「今、かぼちゃっていったのかい」

やさしくたずねた。

ええ、そうよ、とお春が答える。

「木戸のところに、かぼちゃが置いてあるの」

「へえ、かぼちゃが。誰かが届けてくれたのかい」

難しい顔でお春が首をひねる。

「それがよくわからないの」

「どういうことだい」

「誰かが私たちに食べるようにって届けてくれたのはまちがいないんだろうけど、朝早くのことだったらしくて、誰が持ってきてくれたのか、さっぱりわからないの。書き置きのようなものもないし」

そうか、と文之介は心当たりを探りながらいった。今のところ、頭に浮かぶ名は一つもない。

「かぼちゃはいくつあったんだい」

「こんな籠《かご》に一杯」

お春が両手を広げて、籠の大きさをつくってみせる。かぼちゃが七、八個は優に入りそうである。よく百姓衆が行商に出たときに背負っている籠だろう。

「数えてみたら、五個もあったのよ」

「えっ、そんなものなのか」

「それがとても立派なかぼちゃで、ふつうのものよりずっと大きいの。そうねえ、三割増しくらいじゃないかしら」

「へえ、そんなにでかいんだ」

「ずっしりと重いし、あんなかぼちゃ、なかなか見られないわ」

文之介は興を惹《ひ》かれた。お春のあとをついて木戸に行く。

木戸の向こうに朝日がのぼり、道をはさんだ向かいの屋敷の屋根越しに、つややかな陽射《ひざ》しを投げかけてくる。順序よく並べられた敷石が光をきらびやかに弾《はじ》いて、目を撃つ。

風が少しあり、先ほどまで立ちこめていたらしい朝靄《あさもや》が、幕のように揺れ動きながらゆっくりと流れていた。

籠のなかに、かぼちゃはごろごろと入ったままだ。お春では、持つことができなかったのだろう。

「へえ、本当に大きいな」

しゃがみこみ、まじまじと見つめて文之介はいった。

こんこんと皮を叩《たた》く。中身の詰まっていそうな音が返ってきた。一つを試しに持ちあげてみる。

「一貫くらいはありそうだ。お春、こいつは本当にいいかぼちゃだぞ」

心からうれしそうにお春がにっこりする。

それにしても、と思って文之介はかぼちゃを籠に戻した。腕組みをし、あたりを見まわす。

このかぼちゃは、いったい誰が持ってきたのか。

町奉行所に奉公する者たちが集まって暮らす八丁堀《はっちょうぼり》の組屋敷《くみやしき》内の道に、人影はほとんどない。

さらに薄くなってきた朝靄を揺らしているのは、風だけである。出仕《しゅっし》にはまだ少し早い刻限なのだ。

「もらっていいものかしら」

「うん、かまわねえと思うな」

立ちあがって文之介は、あらためてあたりを見まわしてみた。

相変わらず人影はない。

「まさか行商に来たお百姓が、忘れていったわけでもないよな」

「私もそれは考えたんだけど、大事な商売の品を忘れるとは思えないわ」

「ここまでやってきて、籠をおろして一休みしたところに急用を思いだしたとか、なにか目の前で起きて、肝っ玉を潰《つぶ》して逃げだしたとか」

「何者かにさらわれたなんてことはないかしら」

その言葉をきいて文之介は顔をしかめた。

「それはさすがにねえと思うな。なにかあったら、俺が感づいていたんじゃねえかなあ。決して思いあがりじゃねえと思うぞ」

お春がくすっと笑う。

「あなたの剣の腕はよく知っているわ。なんとか流の免許皆伝《かいでん》でしょ」

「なんとか流って、お春、知らねえのか。俺はちっちゃい頃から坂崎岩右衛門《さかざきいわえもん》さんの道場に通っているんだ。それで東伝《とうでん》流の免許を若くして取ったんだ」

文之介を見つめてお春がにこにこしている。

「鼻がぐーんと伸びて、空に届きそうになってるわよ」

「じゃあ、ちと戻しておこう」

文之介は鼻の頭を手のひらでぐっと押さえこんだ。

眼差しを転じてお春がかぼちゃの籠をじっと見る。

「あなた、本当にいただいてもかまわないのね」

「ああ、いいと思うぞ。父上か、もしかすると俺に恩を受けた者が、届けてくれたんだろう」

「ふーん、お礼か」

「冬至《とうじ》にかぼちゃを食べると風邪を引かねえっていうし、かぼちゃは体にいいらしいからな。お春、不安か」

そんなことないわ、とお春が否定する。

「まさか毒入りってこともないでしょ」

そりゃそうだろうな、といって文之介は再びかぼちゃを持ちあげた。陽射しに透かして見る。

「こいつは、どうやって食べるんだ」

お春が頭をかしげる。

「煮つけるのは知っているけど、やり方は知らないの。きかなきゃいけないわ」

「誰にきくんだ。義母上《ははうえ》か」

父の丈右衛門《たけえもん》の後添《のちぞ》えであるお知佳《ちか》のことだ。

そうねえ、とお春がいう。

「お義母《かあ》さまなら包丁が達者でいらっしゃるし、なんでもご存じだから、きっとわかりやすく教えてくださるわ」

二

潮の香りが濃い。

鼻先をかすめるのではなく、まるでしっとりとした霧のように、身にまとわりつくようだ。

あけ放たれた腰高障子から、涼しさをともなった風が、ゆったりと入りこんでくる。顔が湿った大気に包みこまれる。

目の前にあるのはこぢんまりとした庭だが、木々も植わっている。心地よさげに枝をさらさらと鳴らしていた。

座敷にあぐらをかき、ぐっすりと眠りこんでいるお勢《せい》を腕に抱えて丈右衛門は、骨まで伸びるようなくつろぎを覚えていた。

ここに越してきてよかった、と心から思う。潮の香りは、気持ちを凪《な》いだ海のように落ち着けてくれる。

安らぎというものを、実感として受けとめることができる。

これまで暮らしてきた八丁堀でも海が近いために潮は香ったが、ここほどありがたみを感じることはなかった。

丈右衛門と妻のお知佳、子のお勢が居を構えているのは、深川富久町《ふかがわとみひさちよう》である。五十六年前に生まれてこの方、八丁堀の組屋敷を出たことはなかったが、せがれの文之介が妻を迎えたことを機に、思い切って新たな家を借りてみたのである。

ここは、昔なじみのやくざ者の紺之助《こんのすけ》の家作《かさく》だ。

紺之助は気をきかせて、家作のなかで最もよい家を紹介した。広い家ではないが、まだ新しいこともあり、実にきれいだ。家賃も格安にしてくれている。

丈右衛門が町方同心《まちかたどうしん》を拝命しているあいだはやくざ者に世話になるような真似は決してできなかったが、今はとうに隠居の身である。もし仮にこのことが公になったとしても、文之介に累《るい》が及ぶことはまずなかろう。

丈右衛門は、腰高障子から顔を突きだしてみた。

眼下に濡縁《ぬれえん》が横たわっている。さらに潮の香りが濃くなったようだ。うっとりと目を閉じたくなる。

どうして人は潮の香りを嗅《か》ぐと、こんなに心が伸びやかになるのか。

まさか遠い昔、魚のように海で暮らしていたというようなことはないだろうが、どこかなつかしい香りであるのは紛《まぎ》れもない。

先祖たちは魚介を目当てに、海のそばで暮らしていたのか。もっとも、山のほうでも昔、人々が暮らしていた痕跡《こんせき》がいくらでも見つかるというから、海辺だけというわけでもないのだろう。

もともと寝てばかりいる子だが、お勢の眠りが深いのも、この香りが影響しているのではないだろうか。

あなたさま、とお知佳の呼ぶ声が台所からきこえてきた。

先ほどまで耳に届いていたまな板の音が消えている。潮の香りに味噌汁《みそしる》のにおいが取って代わろうとしていた。

「いま行く」

丈右衛門は、お勢を起こさないように答えた。しかし、耳ざとくお勢がぱちりと目をあけた。つぶらという言い方が最も的を射ている瞳《ひとみ》である。

丈右衛門は、我知らずのぞきこんでいた。甘いにおいがする。

このにおいを嗅ぐたびに、決まって文之介が生まれたときのことを思いだす。

体が弱く、丈右衛門の腕のなかでも泣いてばかりいたが、このにおいは姉の実緒《みお》よりずっと濃かった。

いつはかなくなってもおかしくない赤子だったが、このにおいが濃いことで、丈右衛門は文之介が無事に成長することを確信できた。

このにおいは、赤子に宿る魂が発しているものではないか。生命そのものの証《あかし》ではないだろうか。

「おっ、すまぬ。うるさかったか」

丈右衛門はお勢にたずねた。

「おとうたま、ご飯、できたの」

たどたどしい言葉を発してきた。

「うむ、できたようだ。お勢、おなかが空《す》いたか」

うん、と小さな首をこくりとさせる。

「ぺこぺこ」

そんなことをいう口も、仕草も愛くるしくてならない。

しかも、赤子のこのあたたかさはいったいなんだろう。小さな火鉢を抱えこんでいるようなものだ。今は夏だが、このほんのりとしたあたたかみは心をじんわりと癒《い》やしてくれる。

丈右衛門は腰高障子を静かに閉めた。

庭は視野から失せたが、潮の香りは残り香のように座敷内を漂っている。

丈右衛門はお勢をやわらかく抱き、それからゆっくりと立ちあがった。

台所の隣の部屋には、すでに二つの膳《ぜん》が置かれていた。両方とも空《から》の茶碗《ちゃわん》が伏せられている。

「どっこいしょ」

丈右衛門は声をだして、正座した。

かまどの釜《かま》から櫃《ひつ》へと御飯を移しながら、お知佳がくすりと笑う。

「どうした、なにがおかしい」

「どっこいしょだなんて、お年寄りみたいです」

「そういうが、わしは立派な年寄りぞ」

「そのようなことはございません。あなたさまは、お若いですから」

「見た目は若いかもしれぬが、もう五十も半ば過ぎだ」

「見た目は四十代で通用しますし、中身はもっとお若い」

お知佳がぽっと頬《ほお》を赤らめる。それで丈右衛門も昨晩のことを思い起こした。お知佳とのあいだに赤子ができたら、どんなにうれしいだろう。お勢も喜んでくれるにちがいない。

お知佳が櫃を大事そうに持ってきた。丈右衛門のかたわらに置く。膳の上から大ぶりの茶碗を取り、ほかほかと湯気が立つ飯をしゃもじで盛りはじめた。

どうぞ、という声とともに膳に茶碗が置かれた。飯は大盛りだ。

「多すぎぬか」

お知佳がにこりとする。

「あなたさま、毎朝、おっしゃっていますが、いつもぺろりでございますよ」

そうだったかな、といって丈右衛門は首をひねった。

「毎日、同じことを申すのは、やはり耄碌《もうろく》した証ではないか」

お知佳がやわらかく首を振る。

「それだけ召しあがれるのは、お若い証にございましょう」

「なにしろ、そなたの炊き方が上手だ。八丁堀の屋敷で文之介と暮らしていた際は、お春が来てくれたとき以外、二人で順番に炊いていたが、たいてい両方ともさんざんな出来だった。どちらかというと、文之介のほうがましだったが」

丈右衛門は膳の上を眺《なが》めた。のっているのは、わかめの味噌汁に梅干し、たくあん、海苔《のり》というものだ。

炊き立ての飯があげる湯気というのは、どうしてこんなにいいにおいがするのだろう。よだれが出そうになる。笑みがにんまりとにじみ出てくる。丈右衛門は箸《はし》を手に取った。

それを見て、お知佳も笑顔で箸を持つ。

いただきます、と親子三人は朝餉を食べはじめた。

丈右衛門はまず味噌汁をずずず、と味わった。蕎麦切《そばきり》りもそうだが、汁物は音を立てたほうがずっとうまい。

よくだしがとられていて、味噌汁はこくが感じられる。味噌は、味噌醤油《しょうゆ》問屋の三《み》増屋《ますや》から買い求めているものだ。

丈右衛門があるじの藤蔵《ふじぞう》と懇意にしていることもあって、味噌と醤油も格安で提供してもらっている。

そんなことはせずともよい、と丈右衛門はしつこいほどにいったが、藤蔵がどうしてもというので、甘えさせてもらっている。

この家に移ってきて、丈右衛門は困りごと、弱りごとなど悩みごとがあればなんでも引き受けるという、よろず屋のようなことをはじめたが、今のところ、八丁堀の腕利き同心だった手腕を発揮する仕事には恵まれていない。

やってきた仕事というのは、子供が依頼者だった猫捜し、犬捜しに、ばあさんのお守りといったようなもので、ほとんど金にはなっていない。

貯えはそこそこあるが、今は手をつけようという気にならない。この先、なにが起きるかわからない。

歳が歳だけにぽっくり逝《い》ってしまうおそれがないわけではないのだ。そのときに備え、お知佳たちのためにできるだけ使いたくなかった。

丈右衛門がそういう思いでいる以上、味噌や醤油という毎日使うものが安く手に入るというのは、ひじょうに助かっている。三増屋に足を向けて寝られない。

ごちそうさま、と三人は両手を合わせて朝餉を食べ終えた。

お勢には、丈右衛門があげた。最近では慣れたもので、お勢が丈右衛門でないといやがるほどになった。

お勢をおんぶして、丈右衛門は台所におりた。お知佳と一緒に食器を洗う。

最初、お知佳は、旦那《だんな》さまがそのようなことをしてはいけません、といったが、丈右衛門は前から洗い物がしたくてならず、どうしてもやらせてほしいと懇願した。

どうしてなのか、水によって食器が鮮やかに洗われてゆくのを見るのが幼い頃から大好きで、その時分から食器洗いをやりたくてたまらなかったが、これまでそんな機会はなかなかなかった。

文之介と二人で暮らしていたときは、どうしても外での食事が多い上に、屋敷でつくって食べたとしても使う食器の数が極端に少なく、洗いだしてもあっという間に終わってしまっていた。

それが、お知佳は包丁の達者だけあって、一度の食事にけっこうな数の食器を使う。数を洗えるために、丈右衛門はうれしくてならない。

丈右衛門が妻の負担を減らすためにこんなことを申し出たのではないことを知り、お知佳はほほえましげにこういったものだ。

「洗い物が楽しいだなんて、男の人はやはり不思議な生き物ですね」

お知佳自身、洗い物が嫌いということはないが、別段、好きというほどでもないそうである。

お知佳が最も好きなのは掃除だ。確かに、この家は塵《ちり》一つ落ちていないし、埃《ほこり》などどこにもたまっていない。

おそらく、この家は十年以上住んで柱や梁《はり》、壁が古くなっても、この清潔さをずっと保ってゆくにちがいない。借りたときとほとんど変わることなく、紺之助に返すことができるはずだ。

だからといって、お知佳は病《やまい》がかったきれい好きというわけではない。

もしそうなら少し怖いなあ、と思うが、幸いにもお知佳は節度をわきまえたきれい好きだ。

丈右衛門が若い頃に扱った事件に、忘れられないものがある。

それは、若い女房が下手人だった。その女は見初《みそ》められてそこそこ大きな商家に嫁したのだが、ふつうでは考えられないほどのきれい好きだった。

その商家はもともと江戸から興り、江戸に支店を置いている上方《かみがた》の大店《おおだな》とは、女手があるところが異なっていた。

上方からやってきた商家は女は一人も置かれておらず、男所帯ばかりだが、その商家は家事のための女中を数人、雇っていた。

嫁として入ってきた当初、女は穏やかだった。顔は美しいし、気配りもきいて、女中たちの受けもよかった。

そのとき舅《しゅうと》はすでにおらず、姑《しゅうとめ》だけだったが、よく仕えて、亭主も満足だった。

夫婦仲も文句なしによく、女はすぐに子を宿した。

ただ、ほんの三ヶ月ほどで流産した。女の命には別状なかったが、医者から、もしかすると二度と子を産めない体になってしまったかもしれない、と宣された。

その日から、女は急変した。女中たちの仕事ぶりのやることなすことすべてが気に入らなくなった。

障子の桟《さん》などに埃がわずかでもあると厳しく叱《しか》りつけ、廊下にごみなど落ちていようものなら怒鳴り散らした。

嫌気が差した女中たちは、次々にやめていった。

女は姑にも容赦しなかった。姑が流産した嫁を気の毒がって掃除をしようとすると、ぴたりと張りついて監視し、少しでも手を抜いたように見えると怒り狂った。

ふつうは、姑の嫌みや口うるささに辟易《へきえき》するのは嫁の場合が多いが、その家はまったく逆だった。心労がたたったか、姑は寝こんでしまった。

その商家で家事を行う者は、ただ一人になった。

女は丑《うし》三つ時までかかって、家中の掃除を行った。台所が汚れるのをいやがって、飯すら炊かなくなった。女は家をぴかぴかに磨きあげることに熱中し、亭主を一切顧みなくなった。

それまで我慢に我慢を重ねていた亭主はついに堪忍袋の緒が切れ、女に三行半《みくだりはん》を渡して離縁した。

亭主はその頃、家ではくつろげなかったために、すでに別宅に妾《めかけ》を囲っていた。その妾をすぐさま女房として迎え入れ、幸せに暮らしはじめた。

だが、元の女房は自分が必死できれいにした家が、次第に薄汚くなってゆくのに耐えられなかった。

あの家をきれいなままで残したい。その一心で、とある深夜、勝手知ったる家とばかりに忍びこんだ女は、ぐっすりと眠りこんでいた亭主と女房を刃物で刺し殺し、さらに家に火を放った。

だいぶ具合はよくなってきたものの、まだ寝こんでいた姑は燃えあがる炎のなかで死んだ。

幸いにも風がほとんどない晩で、まわりへの延焼はまぬがれた。

家は、女の記憶のなかではきれいなままに残ることになった。

丈右衛門が探索をするまでもなく、下手人はあっさりと割れ、女はつかまった。火つけということで、火あぶりの刑に処せられることになった。

罪人が女の場合、罪一等を減ずるならわしになっているが、この一件では犯行の残虐さを鑑み、最も重い刑が執行されることになった。

もっとも、火あぶりといっても、処刑の火が放たれる前に刑吏《けいり》に槍《やり》で胸や喉《のど》を刺し貫かれるのが常で、熱さはほとんど感じないものだ。

あのときの女の死顔は、どこか満足そうだった。頬にうっすらと笑みを刻んでいたような気がする。

きれい好きなのも、と丈右衛門は思った。度を越すと恐ろしい。

うちはよかったな、と思って丈右衛門はしみじみと妻を見つめた。

「どうされました」

小首をかしげてお知佳がきいてくる。頬が桃色に染まっている。昨夜のことを思いだし、丈右衛門は腕を伸ばして抱き寄せかけた。背中にお勢がいることに気づき、ごほんと盛大に咳払《せきばら》いした。

「いや、ちと昔のことがよみがえってきたんだ」

「どんなことです」

「ちと長くなるが」

前置きして、丈右衛門は語りはじめた。

「そのような女の人がいたのですか」

きき終えたお知佳が目を落とし、ぽつりといった。

「かわいそう」

丈右衛門は少し驚いた。

「かわいそうか」

ええ、とお知佳がいった。

「その人、流産さえしなければ、そんなふうにならなかったはずです。気持ちの優しさが逆に出た、私にはそんな感じがします」

考えてみれば、と丈右衛門は思った。昔、わしも同じように感じていた。やはり自分たちはよく似ているのかもしれない。

ふと、お知佳が耳を澄ませた。

「誰か見えたようですね」

丈右衛門の耳も、戸口からきこえる女の声をとらえている。

「あれは、お春ではないか」

「お春ちゃんが」

お知佳が急いで戸口に向かう。丈右衛門もお勢をおぶい直して、あとに続いた。

障子戸に映る影が見えた。陽射しを背負ってずいぶんと濃いが、どこかたおやかさを覚えさせる。

影一つ見ても、人の妻らしい落ち着きがほんのりと出ている。どうやら、文之介との暮らしは、ことのほかうまくいっている様子である。

いらっしゃい、と明るくいって障子戸をお知佳が横に引いた。

眉は剃っておらず、お歯黒もしていないようで、娘の頃の顔立ちとまったく変わっていないが、しっとりとしてきたというのか、以前のぴちぴちした弾むようなものは、もうほとんど感じない。

代わりに、にじみ出てくるようなみずみずしさがある。もともと白い肌だったが、抜けるようなという形容がぴったりの白さになっている。

ほう、変わったな、と丈右衛門は軽い驚きを覚えた。

お春は、大きな風呂敷《ふろしき》包みを重そうに両手で提げている。中身は、ずしりとした物のようだ。

「お春、よく来たな。元気そうではないか」

お春がにっこりする。雲が一気に取れて太陽が顔をのぞかせたときのような、まぶしい笑顔だ。

「はい、おかげさまで。大事にしてもらっていますから」

声は娘のときと変わりなく、鞠《まり》が弾むような明るさとかわいさがある。笑みにも、以前はなかった余裕というべきものがあらわれていた。

お春を見つめて丈右衛門は微笑した。お知佳も、ふふ、と笑いを漏《も》らす。

「ふむ、そいつをきいて安堵《あんど》した。もしこんなよい嫁を大切にしていなかったら、文之介をぶん殴っているところだ」

「そんな手荒な真似をされずとも、大丈夫です。お義父《とう》さまによく似て、とてもよい旦那さまですから」

わしに似てか、と丈右衛門はいった。

「そういうふうに女房にいってもらえる亭主は、江戸広しといえども、そうはおらぬだろう。文之介は果報者よ」

ああ、そうだ、といってお春がぺろりと舌をだす。こういう仕草は以前とまったく変わっていない。

どうした、と丈右衛門は問うた。

「いえ、まだ挨拶《あいさつ》をしていませんでした。これは人としての大本《おおもと》となるものですから、決して欠かすことのないように、と旦那さまからも、父からもいわれています」

おはようございます、とお春が深く頭を下げる。

「ご無沙汰《ぶさた》してしまい、失礼いたしました」

「無沙汰というほどでもあるまい。だが、挨拶を欠かさぬのは、とてもよいことだな。それに、挨拶のできぬ者は人としての出来が今一つのような気がする。まあ、あまりえらそうなことはわしもいえぬが。――では、わしも」

そういって丈右衛門も大きな声で挨拶した。そうすると、とても気持ちがよいのは昔から知っている。

お知佳もはきはきした声で、同じ言葉を口にした。

丈右衛門の背中でお勢も、たどたどしく真似をした。

お春がくりっとした目を和《なご》ませて、お勢をのぞきこむ。

「今日は起きているのね。私と会うときは、いつも寝てばかりなのに」

お春がやわらかな頬をそっとつつく。

「つきたてのお餅《もち》みたい」

「かぶりつきたくなるだろう」

お春がいたずらっ子のような目で、丈右衛門を見あげる。

「お義父さま、いつもそうされているのではありませんか」

「当たり前だ。それができるのは、親だからこそだ」

「あの、こんなところで立ち話もなんですから」

お知佳がお春と丈右衛門を交互に見て、いった。お春が重そうな風呂敷包みを手にしているのも気にしている。

「おう、これは気づかなんだ。相変わらずわしは鈍いな」

「お義父さまが鈍いのなら、江戸中の人がそういうふうになってしまいます」

そんなこともあるまいが、といって丈右衛門はお春を奥に案内しようとした。

「あの、これを」

お春が、丈右衛門に風呂敷包みを渡してきた。

「なにかな、これは」

丈右衛門は手に持った。やはり、ずしりとくる重みがある。

「あけてからのお楽しみです。というほどのものではありませんね。かぼちゃです」

丈右衛門は、風呂敷包みを目の高さに掲げた。お知佳がそれをうれしそうに見ている。

お勢も丈右衛門の肩から身を乗りだすようにしていた。

丈右衛門は風呂敷包みをおろし、手につり下げた。

「ふう、本当に重いな。このかぼちゃは一つではないようだな。この重さだと、三つは入っているな」

お春がにこにこしている。なにかいいたげだ。

「――いかん、いかん。また立ち話になりそうだ」

丈右衛門は台所にかぼちゃを持っていった。お春もお知佳もついてきた。

台所と境を接して一段あがったところに風呂敷包みを置いた。結び目をほどき、ひらいてみた。

かぼちゃは二つだった。それで丈右衛門には、どうしてお春がにこにこしていたか、理由が知れた。

「こいつはでかい」

丈右衛門は嘆声を漏らした。お知佳も目を丸くしている。

「こんなに大きいの、私、初めて見ます」

おっきい、おっきい、と丈右衛門の背中でお勢は手を打って喜んでいる。腕を伸ばし、かぼちゃに触れようとする。

丈右衛門は一つを手に取り、重みを確かめた。

「こいつはすごい」

お春に目を向ける。

「こんなに大きなかぼちゃ、どうしたんだ。買ったわけではあるまい」

「買ったのではないと、どうして思われるのですか」

丈右衛門は小さく笑った。

「売っているものでこんなに大きなかぼちゃは見かけぬし、買ったものならわざわざ重い思いをしてここまで持ってこぬだろう。お裾分《すそわ》けではないのか」

お春が首を傾けた。

「お裾分けというのとは、ちょっとちがいます」

丈右衛門は、お春を座敷に座らせた。どういうことだい、とやさしくたずねた。

お春が説明する。

「誰かが置いていったんだって」

丈右衛門は腕組みをした。

「書き置きもなかったわけだな」

「はい。かぼちゃは体によいと申しますし、冬至に食べると風邪を引かないといいますし、それになによりこんな立派なかぼちゃですから、心がこもったものだと思うのですが」

「文之介には心当たりがない、と申したな」

はい、とお春が答え、丈右衛門をまっすぐ見つめてきた。

「わしに心当たりがないか、ききたげだな」

丈右衛門は頭をめぐらせた。

「これだけのかぼちゃを届けてくれるような者に心当たりはありすぎる気もするし、逆にまったくないようにも思える。しかし、こんなすごいかぼちゃをつくれる者に、心当たりはないな」

さようですか、とお春が少し残念そうにいった。その顔をすっと引き締め、お知佳に向ける。

「お義母さま、お願いがあります」

なんでしょう、とお知佳が真摯《しんし》にきく。

「お恥ずかしい話なんですけど、実は私、かぼちゃの料理の仕方を、全然知らないんです。教えていただけますか」

「お安いご用ですよ」

お知佳がお春に笑いかける。

「文之介さんにおいしいかぼちゃを食べさせたいんですね」

はい。お春が首をこくりと上下させる。

「おいしいものをつくって、びっくりさせたいんです」

お知佳が目尻《めじり》に薄いしわをつくっていう。

「なにがいいかしら。どんなのを文之介さん、喜ぶかしら」

「あいつは悪食《あくじき》だからな、なんでも食べると思うんだが」

「悪食なんかじゃありません」

お春がきっぱりといった。

「味には相当うるさいほうです。なんといっても、お義父上《ちちうえ》の息子なんですから」

「わしは味にはうるさくないぞ」

「そんなこと、ありません」

お知佳がきっぱりと否定する。

「確かに、あなたさまはおいしいときはおいしいとおっしゃってくれます。でも、今一つのときは一瞬、むずかしいお顔をされます。箸も軽やかにはのびませんし」

そうかな、と丈右衛門は首をひねった。

「わしにはよくわからんな」

「私が常にあなたさまが満足できるものをだせるようになれば、よいだけの話ですけど、なかなか難儀ですから」

「ええ、そうたやすくできることではないと思います」

お春がお知佳に同意する。女同士はすぐに仲よくなる。

「一流の料理人でも、その日によって出来不出来があるという話をききますから」

「不出来といえば――」

丈右衛門は話題を変えた。

「この近所に、とてもまずいという評判の蕎麦屋があるんだ。今日にでも行ってみぬか」

「まずい蕎麦屋にわざわざですか」

お春が驚いてきく。男の人のやることはわからないという顔をしている。

「でも、あなたさま、もう行くと決めていらっしゃるんでしょ」

お知佳はあきらめ顔である。

うむ、と丈右衛門はうなずいた。

「話の種になるではないか」

いつもこうなのよ、とお知佳が首を振ってお春にいう。

「なんでも一人で決めて、私は連れていかれるだけなの」

丈右衛門は意外な気がした。

「いや、わしにはそういう気はないのだが」

「文之介さんも似たところがあります」

やっぱり、とお知佳がいった。

「男の人なんて、きっとみんな似たり寄ったりでしょうから、いっても仕方ないんでしょうけど」

「いや、そうか。これから自分勝手にならぬように気をつけよう」

丈右衛門は真剣な口調でいった。

「お春ちゃん、こういうところがこの人のいいところなの。反省するところは素直に反省してくれるから」

「文之介さんもそうです。でも、長続きしないんですよね」

お知佳がくすりと笑う。

「この人もよ」

それから二人の女は台所に籠《こ》もった。

座敷でお勢相手に遊んでいた丈右衛門のところになにやら、いいにおいが漂ってきた。

あれは、かぼちゃを煮つけているのだろう。

まずは、お春はかぼちゃ料理の大本となるものを習っているのだ。

かぼちゃの煮つけは、文之介の好物だ。うまくできれば、大喜びにちがいない。

文之介の笑顔が浮かんできた。丈右衛門の頬から自然に笑みがこぼれる。

もっとも、かぼちゃの煮つけに限らず、文之介には幼い頃から好き嫌いがまったくない。

文之介にとって、この世には好きな物だけがあふれている。

二人が戻ってきた。お春はにこにこしている。

「いいものができたか」

「はい、おかげさまで」

「帰ってすぐにつくれそうかい」

「はい、大丈夫です」

お春は自信たっぷりだ。

おや、と思って丈右衛門はお春の顔を見直した。

笑顔のなかに芯《しん》が通っているというのか、ぴしっとしたものが感じられる。

お春、と丈右衛門は呼びかけた。

「なにか決意した表情をしているな」

さすがにお義父さまですね、といってお春がにっこりした。

丈右衛門はすぐさまぴんときた。

「お春がなにを決意したか、当ててみせようか。もっとも、こいつはさして考えるまでもないことだが」

しかし、お知佳は、決意っていったいなんだろう、といいたげな顔つきをしている。

お話しください、とそっと目で丈右衛門をうながしてきた。

うむ、と丈右衛門は軽く顎《あご》を引いた。

「このかぼちゃをいったい誰がつくり、そして屋敷に持ってきてくれたのか、お春は突きとめようというんだ」

三

顎をなでさすった。

「考えてみれば、かぼちゃって、妙な名だよなあ」

文之介はぼそりとつぶやいた。

「かぼちゃがどうかしましたかい」

うしろから中間《ちゅうげん》の勇七《ゆうしち》がきいてきた。

文之介は振り返った。渋い目が文之介をじっと見ている。

「さすが勇七だな。長えつき合いだけのことはあるぜ」

いきなりたたえられて勇七が怪訝《けげん》そうにする。

「はあ、旦那、あっしはなんでほめられているんですかい」

とぼけるなよ、と文之介はいった。

「俺がかぼちゃのことを考えていたのを、ずばりいい当てたじゃねえか」

ぬかるみを踏んだように勇七がずっこける。

「旦那、大丈夫ですかい。いい当てたって、旦那が口にしたのが、耳に入っただけのことですぜ」

「なんだと」

文之介は大声をあげた。勇七が耳を押さえる。まわりを行きかう町人や供を連れた侍がぎょっとして、いっせいに文之介に目を向ける。

「旦那、なに、でかい声、だしているんですかい。近所迷惑ですよ」

「これが驚かずにいられるか。勇七、いつ俺がかぼちゃのことを口にしたんだ」

「今さっきですよ」

なんだって、と文之介は目をみはった。

「勇七、本当か」

「ええ、本当ですよ」

むう、とうなり、文之介は眉をひそめた。

「そうか、口にだしていたのか。知らなかったぜ」

かたく腕組みをし、口をへの字に曲げてむずかしい顔になった。

「旦那、急にどうしたんですかい。苦すぎるお茶を無理に飲みくだしたような顔をしてますぜ」

勇七を見据えて文之介は軽く首を振った。

「勇七、なかなかうめえたとえ、するじゃねえか。だが、この顔は苦すぎるお茶を飲んだときじゃねえ。一晩たって気の抜けた燗酒《かんざけ》を口にしちまったときの顔だ」

「ああ、そうなんですかい。まあ、どうでもいいことですけどね」

文之介は、人さし指で頬をぽりぽりとかいた。

「なんでえ、気の抜けた返事をしやがって。だが、確かに勇七のいう通りだな。しかし勇七、さっき口にしたこともわからねえなんて、俺は耄碌しはじめてるんじゃねえのか」

勇七が、にっとした。

「大丈夫ですよ、旦那」

文之介はにらみつけた。勇七が身を引き気味にする。

「旦那、どうしてそんな顔をするんですかい」

「おめえのいいてえことがわかったからだ。ちっちゃい頃から御牧文之介には、こんなことは日常茶飯事だったって、いいてえんだろう」

勇七が目を丸くし、うなる。

「うーん、さすがに旦那ですねえ。だてに花形といわれる定廻《じょうまわ》り同心をつとめちゃいませんね」

「当たりめえだ。このくらいの頭の働きがなきゃ、つとまらねえんだ」

「そうですねえ。昔っから、旦那は頭のめぐりがすばらしかったですものね」

なんだって、と文之介は勇七に顔をぐっと近づけた。

「なっ、なんですかい、旦那、急に」

「とぼけるな。今、なにかいったよな。頭のめぐりがってやつだ。最後のほうがよくきこえなかったから、もう一度いってくれるか」

「ああ、お安いご用ですよ」

勇七が静かに繰り返す。

それをきいた文之介はにんまりとし、勇七の肩を強く叩いた。ばしん、と力強い音が返ってきた。

「勇七、おめえはやっぱりいいやつだなあ。頭のめぐりがすばらしいだなんて、俺のことをそんなふうに思ってやがったのか」

「ええ、思ってましたよ」

勇七がさらっといった。

「旦那は学問は今一つでしたけど、興味を持ったことなんか、考える力が他の者とはくらべものにならないくらい図抜けていましたからね」

そうだったかな、と喜色満面《きしょくまんめん》に文之介はいった。

「学問が今一つだったってのは、気に食わねえけど」

「そいつは言葉の綾《あや》ってやつですから、勘弁してください。とにかく旦那は、ちっちゃい頃から頭の働きがすごかったですよ。町方同心になる人はやっぱりちがうなあ、とあっしは何度も思ったものでしたよ」

「そうかい、そうかい」

文之介は顔全体に笑みをあふれさせていった。前を向き、きびきびと歩を進めはじめる。

「やっぱり勇七は俺のことをわかってやがんなあ。ちっちゃい頃からのつき合いだけのことはあるぜ」

ふむ、と勇七が小さく声を発した。

「よし、ほめるのはこれくらいでいいかな。これでちっとはやる気が出てくれれば、いいんだけどな。しかし、今の旦那は昔の旦那じゃないから、きっと大丈夫だろう」

文之介は鋭く振り向いた。きゅっと眉根を寄せる。勇七、と厳しい声を浴びせる。

「なんですかい、旦那」

「俺に今のがきこえなかったとでも思っているのか」

「すみません」

「いや、なにも謝ることはねえんだ」

一転、文之介は口調をやわらげた。

「俺は、勇七のことを心配していってるんだからな」

「はあ、心配ですかい。旦那、いったいなんのことでしかい」

「いま勇七は、なにやらぶつぶついってただろう。誰かが前に教えてくれたけど、独り言をいうようになったら、人間おしまいらしいぞ」

はあ、そういうことですかい、わかりました、と勇七が顎を上下させる。

「中身は全然きこえなかったのか」

「なんだい、中身って」

「いえ、なんでもありません」

勇七がにこっとする。

「旦那、これから気をつけますよ」

「うん、そうしたほうがいいな。人間、耄碌しはじめると、坂道を駆けくだるようなものらしいから」

それより旦那、と勇七がいった。

「かぼちゃのことですよ。どうしてかぼちゃという名が妙だなんて、急に思ったんですかい」

文之介はほっと息をついた。

「ずっと横道にそれっぱなしだったのが、ようやくもとに戻ったな」

今朝、屋敷の門のところにかぼちゃが置かれていたことを勇七に話した。

「へえ、そんなことがあったんですかい。誰が置いていったか、わからないんですね」

「それがさっぱりなんだ。俺に、あれだけのかぼちゃをつくれる者に、心当たりは一人もねえ」

「だとしたら、ご隠居のほうですかね」

「そいつは俺も考えた。むろんお春も同じで、さっそく富久町に向かったよ。今頃、話をしているんじゃねえかな」

文之介は西の方角を見やった。

深川富久町はとうに背後にすぎ去っており、のぼった太陽から放たれる光が厚い雲の切れ間から射しこんで、ちょうどそのあたりに連なる町屋の屋根を明るく照らしだしていた。瓦《かわら》が光を水面《みなも》のようにはね返し、まぶしいくらいである。

「ご隠居は心当たりがありますかね」

どうかな、と文之介は小さく首をひねった。

「これまでかぼちゃづくりの名人の話が、父上の口から出たことはねえな」

「しかし旦那のいう通り、恩返しとするなら、やはりご隠居のほうでしょうねえ」

そうだよな、と文之介は同意した。

「かぼちゃは冬至に食べると風邪を引かねえっていうくらいだ。年寄りのために持ってきてくれたのは明らかだ」

勇七が深いうなずきを見せた。不意になにかを思いついた表情になる。

そういう顔をすると、不思議なほど思慮深く見える。もっとも、幼い頃から勇七という男は落ち着いていて物事に動じず、歳に似合わぬ老成さというべきものをすでに持ち合わせていた。

「もしやお春ちゃん、かぼちゃづくりの名人の正体を調べるつもりでいるんじゃないんですかい」

それか、と文之介はいった。

「お春はなにもいってなかったが、その気でいるのはまずまちがいねえな」

「大丈夫ですかね」

「危ねえことが起きると思うのか」

いえ、といって勇七が首を振る。

「なにもないと思います」

「俺も同感だ」

文之介は、空という大海をゆっくりと行く船のような形をした雲を眺めた。お春の面影を映しだす。優しさがあふれる天女のような顔をしている。ゆったりと笑みを浮かべていた。

「お春は腕利きの町方同心の女房だ。きっと見つけだすにちげえねえさ」

それをきいて勇七がにこっとする。

「あっしもそう思いますよ」

「勇七が同じ思いでいてくれるのは、力強えな」

旦那、といって勇七が真剣な顔つきで前を眺めた。

「あれは――」

勇七から目をはずし、文之介は前に向き直った。

一町ほど先に、盛大な土埃があがっているのがまず目に入った。目を凝《こ》らすと、必死に足を動かしている男の姿が見えた。行きかう人々を巧みにかわし、のんびりと歩く者たちをすばやく追い越し、人と人とのあいだをするりと抜けて、文之介たちに確実に近づいてくる。

「作兵衛《さくべえ》さんですよ」

町奉行所内において、文之介たち同心の世話を焼いてくれる小者《こもの》である。ときに町奉行所からの急ぎの知らせを、文之介たちに届けることもある。

「なにかあったんですかね」

「あったんだろうな。あの急ぎっぷりはただ事じゃねえ」

立ちどまって待っていると、作兵衛が目の前にやってきた。強く吹いた風が土埃を一瞬でさらっていく。

土埃を一段と巻きあげて足をとめた。強く吹いた風が土埃を一瞬でさらっていく。

眼前にいるのが文之介であるのを確かめると、作兵衛は安堵したように腰を折り曲げ、膝《ひざ》に両手を当てて、ぜえぜえと激しい呼吸を繰り返した。

「大丈夫か」

「へ、平気です」

作兵衛が荒い息のまま答える。

「平気のようには見えねえぞ」

なにしろ顔は真っ赤で、全身汗だくなのだ。着物が太ももにぴたりと貼《は》りついてしまっている。

「いえ、へっちゃらです。あっしがいけなかっただけですから」

「どういうことだい」

作兵衛の息が徐々に静まってきた。このあたりは、若さというものだろう。作兵衛はまだ十八だ。もちろん慣れということもあるのだろう。何度も使いに出て、鍛えられているのだ。それに、もともと走るのは得手《えて》で、かなり長いあいだ走っていられると、前にきいたことがある。

「御牧の旦那がどのあたりを見まわっていらっしゃるか、あっしがちょっと見誤ったんですよ。ちと見当ちがいのほうに出ちまったんです。お姿が見当たらず、あっ、こっちかとあわてて方向を転じたものですから、すみません、遅くなってしまいました」

作兵衛が、裾に絡みついた着物の端をつまんだ。失礼します、と一礼し、ひらひらと動かしはじめた。風を入れているのだ。白い下帯がちらりと見えた。できるなら、それもはずしたいにちがいない。

「少しは汗が飛んだか」

はい、おかげさまで、と作兵衛が笑みを浮かべてうなずいた。

「まったくほっとしますよ。こんなことを目の前でするのを許してくださるのは、御牧の旦那だけですから」

「あれ、ほかの人は許してくれねえか」

「許してくださるお方もいらっしゃるんでしょうけど、目の前ではできないですね。特にあのお方の前でやったら、十手《じって》で額を割られかねません」

「あのお方というのは、鹿戸《しかと》さんのことだな」

鹿戸吾市《ごいち》。文之介の先輩同心である。癖《くせ》のある男で、口も悪かったが、最近は成長したのか、なにもいわずに仕事に励むことが多くなっている。

「いえ、どなたかなんて、口が裂けてもいえませんよ」

「口を裂くっていったら、吐かねえ者なんて、ほとんどいねえよ」

いわれて作兵衛が納得したように深く顎を引く。

「ああ、そうでしょうねえ。口を裂かれるのは、さぞ痛いでしょうからね」

「それよりどうした。急の知らせを持ってきたんだろう」

勇七も、真剣な眼差しを作兵衛に注いでいる。

「ああ、そうでした。すっかり忘れていましたよ」

作兵衛は笑みを消し、ひらひらさせていた着物から手をはずした。表情を引き締め、背筋を伸ばす。

「自死があったようです」

「どこで」

「深川北森下町《きたもりしたちょう》です」

「なんだ、すぐそこじゃねえか」

「ご案内しますよ」

文之介は作兵衛の顔を凝視した。すっかり息は整い、顔色は平静なものになっている。汗も引いていた。

頼む、といって文之介と勇七は作兵衛のあとについた。

「身許《みもと》はわかっているのか」

駆けつつ作兵衛の背中にきいた。

「いえ、それがまだのようです」

そうかい、と文之介はいった。すでに勇七は仕事の顔になっている。厳しい表情をしていた。

「俺たちに知らせがこうして届けられたってことは、自死じゃねえかもしれねえってことか。紹徳《しょうとく》さんがそういうふうにおっしゃっているのか」

紹徳は腕のよい町医者で、検死医師もつとめている。実直な人柄も合わせ、文之介は信頼している。

「いえ、そこまで手前はきいていません」

五町も走らなかった。

「あそこです」

作兵衛がすっと指を伸ばす。その先に、こんもりとした小さな森が眺められた。距離はもう半町ほどしかない。

町屋の連なりのなかにすっぽりと埋もれているような神社で、大木も数えるほどしかなく、遠目ではそこに神社があるとはなかなかわからない。

「あれは、津久茂《つくも》神社の杜《もり》じゃねえのか」

さようです、と作兵衛が顎を縦に動かした。

「神社の境内に立つ大木の枝で仏さんは首つりをしたらしいんですが、どうやら枝が折れて落ちてしまい、町のほうに首が出ているらしいんです」

「枝が折れたのに死んでいるのか」

「死んでから、枝が折れたようです」

ふーん、そういうことかい。しかしなあ。文之介は、なんとなく釈然としないものを覚えた。

やがて、野次馬がわいわいと集まっているのが見えてきた。押し合いへし合い、うしろのほうの者は一目見ようと、背伸びをしている。

野次馬が仏に近づかないように人垣をつくっているのは、北森下町の自身番《じしんばん》の若い者たちだろう。

「八丁堀の旦那をお連れしたよ」

作兵衛が自身番の者ではなく、野次馬に声をかける。その言葉をきいて、野次馬がさっと道をあける。八丁堀という効き目は確かなものだ。

文之介と勇七は、お疲れさまです、ご足労ありがとうございます、と口々にいう自身番の者たちの人垣も抜けた。

帯を首に結わえて地面に横たわる男の姿が、目に飛びこんできた。

男の体は境内と町地を区切っている生垣を飛び越え、上半身が町地に出ている。顔を横に向けて、うつぶせていた。紺色の小袖《こそで》の着流し姿だ。

生垣の向こうに、足場にしたらしい大きな石が転がっている。

小便が垂れて、着物をべったりと濡《ぬ》らしている。糞便《ふんべん》も漏れてしまっており、あたりににおいをまき散らしていた。

首つりの死骸《しがい》はこれまで何度も経験しているが、例外なくこんな状況になる。自分が自殺などすることはまずないだろうが、もし死に方を選べるとしたら、首つりは決して手立てとしない。

「これは御牧の旦那、ご苦労さまにございます」

もみ手をして、歳のいった男が出てきた。北森下町の町役人《ちょうやくにん》をつとめる権之助《ごんのすけ》である。

文之介は挨拶した。権之助も返してきたが、表情はかたい。

「あの、神社で首をつったのに、どうして御牧の旦那のお手をわずらわせることになったか、お伝えいたします」

「そのことか。前例じゃねえのか」

「ああ、ご存じでございましたか」

権之助が安堵の顔になる。

「さすがに御牧の旦那でいらっしゃいますね」

文之介は苦笑した。

「そんな大層なものじゃねえよ。番所《ばんしよ》内では、けっこう有名な話だから」

謙遜《けんそん》でございますな、と権之助が感心したようにいった。

「そんなんじゃねえよ。俺は謙遜するような男じゃねえんだから」

そうはいったものの、文之介の気分が悪かろうはずがない。

前例というのは、昔、実際に同じようなことがあったからだ。男が神社の境内で首つりしたのだが、帯が切れ、死骸が町地にはみだした。

首側が町地に出、足のほうは境内に残っていた。死骸の身許はわからない。面倒をいやがった町方と寺社奉行《じしやぶぎよう》側は、どちらが死骸を処理し、身許を割りだすべきか、いい争いになった。

結局、幕府の上の者の裁定がくだったのだが、首つりだけに首があるほうが処理すべきという達しが出た。それで町方が調べに当たることになったのである。

これは昔あった大まじめな話なのだ。

権之助が会釈《えしゃく》気味に顎を引く。

「もう少し早く御番所に届けを出したかったのですが、手前どもはその前例を知りませんで、どちらに届け出ようか、迷ってしまい、それでこんなに遅くなってしまいました」

「そんな昔の前例、知らねえのも無理はねえよ。ところで、誰が前例を知っていたんだい」

「うちの町に住む丹吉《たんきち》さんでございます」

「ああ、あのじいさんか。もうとっくに九十をすぎているだろう」

総髪《そうはつ》にした頭はすべて白髪で、顔はしわに埋めこまれたようになっている。背が少し曲がっているくらいで、足腰もしっかりしている。こぢんまりした庭の畑の蔬菜《そさい》づくりが大好きというじいさんである。

文之介は、垣根越しに鍬《くわ》を振るっている姿を一度ならず目にしたことがあるが、背中や肩の筋骨などは九十すぎとは思えないほどがっちりと張っている。六十代といっても十分に通るのではないか。

「丹吉じいさん、相変わらず矍鑠《かくしゃく》としているのか」

「ええ、しっかりしたものでございますよ。まだ耳もちゃんときこえますし、歯もほとんどが残っておりますし。なにより、よく食べますよ。見ていて、あっけに取られるような食べっぷりにございます」

「九十すぎてそんなに食べられて、しかも丈夫だなんて、俺たちもあやかりてえもんだ」

「まったくでございます。なあに歳の取り方を忘れちまっただけさ、と本人はにこにこ笑っておりますなあ。よく食べ、よく笑う。それが元気の秘訣《ひけつ》なのかもしれません。手前などは、丹吉さんから見れば、幼子のようなものにございますよ」

「俺なんか、孫にもならねえんじゃねえか。曽孫《ひまご》か」

かもしれませんなあ、と権之助が穏やかに笑った。

口元を引き締めて、文之介は死骸に目を転じた。

「身許はわかっていねえそうだな」

「さようにございます。この町の者ではございません」

「しかし、この神社を選んで首をくったんだ。この町ともなんらかの関係はあるかもしれねえな」

「さようにございますね。やはり、なにか縁があったのでございましょう」

「死ぬ覚悟を定めてこのあたりまでふらふらやってきて、この杜がいいと、この世の最後の場所に選んだってことも考えられねえわけじゃねえんだが」

なるほど、と権之助がいった。

文之介は死骸から目を移した。帯のかたわらに、一本の枝が転がっている。折れたところが、緑色がかった新しい傷口を見せている。

文之介はそばの欅《けやき》の大木を見あげた。そこはもう神社の境内だから、生垣があるといっても足を踏み入れないように注意しなければならない。

万が一、寺社奉行の許しを得ずに境内に入ったところを見とがめられて通報されたら、なんらかの沙汰《さた》がくだるのはまちがいない。こんなつまらないことで、処罰を受けるのは避けたい。いちいち通報するような者はあとを絶たないのだ。

文之介はしゃがみこんだ。糞便のにおいが急に強くなった。そんなものは気にせず、半間《はんげん》ほどの長さのある枝をじっと見た。かなり太い。差し渡し半尺はあるだろう。

「これだけの太さがあるのに、折れるものですかね」

勇七がささやき声できいてきた。

「まあ、しかし、折れたんだな。だが、もしかすると、相当無理な力がかかったのかもしれねえ」

文之介も殺した声で返した。勇七がはっとする。

「無理な力というと、この帯に首を突っこんだとき、この仏さんが激しく暴れて、枝をひどく揺さぶったってことですかい」

「まあ、そういう考え方もできるっていうことだ」

なるほど、と勇七が相づちを打った。

「仏さんがどうしてそんなことをしたか、答えは一つですね」

「一つってことはねえよ」

文之介はあっさりと否定した。そいつはどうしてですかい、とききたげな顔を勇七はしている。

「一つは、勇七のいう通り、無理矢理首つりに見せかけられた。その場合、気絶させられていたのが、帯に首を通したときに殺されそうになっているのに気づき、暴れはじめた。それで絶命してしばらくしたのち、枝が折れた」

「さいですね。もう一つは」

「覚悟を決めて首を帯に突っこみ、石を蹴《け》ったはいいが、急に命が惜しくなった。それで、なんとか帯から逃れようと必死に暴れた。だが、もうどうにもならなかった。絶命したあと枝が折れたのは、殺されたときと同じだ」

「旦那のいう通りでしょうね。旦那は、どちらだと思いますかい」

どうだろうかな、といって文之介は目を閉じ、首をかしげた。今のところ、答えは出そうにない。

「あの、すみませんが、手前はこれで失礼いたします」

会話の区切りを待っていたように使いの作兵衛が文之介にいった。

「ああ、すまなかったな。すっかり待たせちまってよ。作兵衛、番所まで気をつけて帰るんだぜ」

頭をかいて作兵衛が苦笑いする。

「おめえは道に迷うような幼子じゃなかったな」

すっくと立ちあがった文之介は懐からおひねりを取りだし、まわりの者に覚《さと》られないように作兵衛にそっと渡した。

「たいして入っちゃいねえが、とっときな」

作兵衛がうれしそうにする。

「とても助かります。では御牧の旦那、遠慮なく」

小声でいって、腰を折った。

「では、これで失礼いたします」

「おう、またな。頼りにしてるぜ」

ありがとうございます。再び一礼して作兵衛が文之介たちの前を去った。

町奉行所の小者の一年の収入など知れたものだ。文之介たちなどがこうして与える小遣いが命の水になるのである。

勇七が笑顔で文之介を見ている。

「勇七、俺のことをほめたそうな顔をしてやがるな」

「ええ、あっしはいつも旦那をほめたくてならないですよ」

「しかし勇七、今はそれどころじゃねえな」

文之介はまたしゃがみ、死骸を見つめた。

歳は五十すぎといったところか。坊主のように丸めた頭は、鉢植えのように上に広がっている。額に太いしわが三本、峡谷のように深く刻まれていた。

両唇の色が悪いのは、死んでから間がたったためではあるまい。苦しげにゆがんだ目はかっとひらかれ、血が噴き出てきそうなほど充血している。鼻はひしゃげたように幅広で丸く、頬は刃物でそぎ落としたようにこけている。

あと、とにかく目立つのはびっくりするくらいの福耳である。こんな最期が似合わないほど、耳たぶがたっぷりと大きい。

福耳と誰もがもてはやすが、こんな死に方をするようじゃ、あまり当てにならねえんだろうな。当たらぬも八卦《はっけ》の占いと似たようなものなんだろう。

「あやかりたいような耳をしていますね」

勇七が文之介の耳元でささやく。

「だが、死に方はあやかりたくねえな」

「ええ、さいですね。——これで旦那、亡くなってからどのくらいたっていますかい」

そうさな、と文之介は腕組みをした。

「死んだのは、体のかたまり具合からして昨夜だろう。日が暮れてからだいぶたった頃だな。四つすぎといったところか。八つにはなっていめえ」

「けっこうしぼれますね」

「まあ、俺もこれまで相当の経験を積んだからな。いわゆるたまものってやつだ。紹徳先生にも、みてもらわなきゃならねえが、さしてはずれちゃいめえよ」

文之介の声がきこえたように、紹徳が助手の若者をともなって姿を見せた。

「すみません、遅くなってしまって」

額と頬に浮いた汗を、手ぬぐいでふきふきいう。

「いえ、お忙しいところ、ご足労いただき、ありがとうございます」

文之介と勇七は歩み寄り、ていねいに辞儀した。

「すみません、急患がありまして遅れてしまいました」

「その急患は、もう大丈夫なのですか」

ええ、と紹徳が顎を動かす。

「たちのよいといっていい腹痛で、薬を処方しましたら、あっという間に快方に向かいました」

そいつはよかった、と文之介は笑みを浮かべた。

「さすが紹徳先生は名医です」

「いえ、そんなこともありませんが。――そちらですか」

紹徳が死骸に目を当てている。

はい、答えて文之介は紹徳を導いた。ひざまずき、そっと両手を合わせた紹徳は助手に手伝わせて、すぐさま死骸をあらためはじめた。

しばらく仏の体を引っ繰り返すようにしてみていたが、のどかな風が三度ばかり吹きすぎたあと、一つうなずいて立ちあがった。文之介を見つめる。

文之介が近寄ると、紹徳が話しだした。

「亡くなったのは昨晩の四つから七つまでのあいだでしょう。しぼれば、四つ半から八つのあいだだと思います」

だいたい自分の見こみ通りだったことに文之介は満足した。勇七も横で深くうなずいている。

「それで先生、いかが思われますか。この仏さんは自死ですか」

紹徳が首をひねる。しばらく考えた末に口をひらいた。

「手前はそうだと思います。目立つ傷もありませんし、着物にもそちらの地面にも争ったような跡はありません」

ふと気づいたように紹徳が目をあげた。

「御牧さまは、この仏さまは人の手にかけられたものであると、お考えになっているのですか」

いえ、と文之介はやわらかくかぶりを振った。

「そこまではっきりと考えているわけではありませぬ。それがしどもは、さまざまな場面を思い描かなければなりませぬ。それだけの意味でおききしました」

さようでございますか、と紹徳がいい、頭を下げた。

「では、手前はこれにて失礼いたします。今日のこの仏さんの留書《とめがき》はすぐに提出させていただきます」

よろしくお願いします、といって文之介は勇七とともに、紹徳が若者を連れて去るのを見送った。

権之助を手招いた。

「さて、これで検死も終わったし、この仏さんを動かしてもよいことになった」

はい、と権之助がうなずく。次になにをいわれるか、解している顔だ。

「ということでだ、しばらくこの仏さんを自身番に置かせといてくれ」

承知いたしました、と権之助が腰を曲げた。

「すまねえ。できるだけ早く身許を明かして、縁者に引き取りに来させるから、よろしく頼むぜ」

承知いたしました、と権之助が繰り返す。惚《ほ》れ惚《ぼ》れしたように文之介を見る。

「御牧の旦那、お父上にずいぶんと似てこられましたね」

そうかな、と文之介は微笑とともにいった。前は父とくらべられるのがいやでたまらなかったが、いつしかそんなことはなくなった。今は、父に似ているといわれることがとてもよいことだと感じる余裕すらある。

「まだ父には及ばねえよ」

「しかし、醸《かも》しだす雰囲気《ふんいき》というのか、そういうものは、本当によく似ていらっしゃいますよ」

「ありがとうよ。いつかきっと父を超えられるようにがんばるよ」

「必ずそうなるにちがいありませんよ。手前も応援いたしますから」

「うん。その言葉は、ありがたく胸にしまっておくぜ」

身許を明かすために、まずはこの仏の人相書《にんそうがき》を描かなければならない。文之介は絵はからっきしだし、勇七も文之介より上とはいえ、あまりうまいとはいえない。町奉行所に使いをやって、人相書の達者の同心にここまで来てもらわなければならない。

文之介はその旨を権之助に告げ、若い者を町奉行所まで走らせるように頼んだ。

「人相書でございますか」

権之助の瞳がきらりと光を帯びた。

「手前では駄目でございましょうか」

「おまえさん、絵が得手か」

「はい、こんなちっちゃい頃から、得意でございます」

文之介は勇七に顔を向けた。どうかな、と目顔で問う。試してみる価値はあるんじゃないですか、と勇七が目で答えた。

町奉行所から絵の達者に来てもらう時間が省けるのは確かに大きい。

「本当に描けるのか」

文之介は念を入れた。

「ええ、描けますとも」

権之助が自信満々に答える。

「権之助さん、うまいですよ。ほんと、すばらしい絵を描きますから」

口を添えたのは、別の町役人だ。

「そこまでいわれちゃあ、断るのも角が立つな。よし、まかせた。権之助、この仏さんの人相書を頼む」

承知いたしました、と権之助が口の端をゆるめていった。町方の役に立てることがうれしくてならない風情だ。

権之助が若い者に自身番から紙と矢立《やたて》を持ってこさせた。気をきかせた若い者が長床几《ながしょうぎ》も一緒に持ってきた。権之助がそれに座り、さっそく絵筆を振るいはじめる。

いうだけのことはあり、本物であるのは一目でわかった。筆のなめらかさは明らかに素人離《しろうとばな》れし、死顔を見つめる目は真剣そのものだ。

四半刻《しはんとき》ほどで、権之助は筆をとめた。絵と死骸の顔をじっくりと見くらべ、どこかおかしいところがないか、徹底して探しだそうとしている。

それから二度、少しだけ筆を入れて満足したように大きく息をつき、そばで見守っていた文之介に顔を向けてきた。

「これでいかがです」

文之介は、確かめる必要を感じなかった。権之助の腕前はまちがいないもので、うり二つといっていい人相書ができあがったのは、疑いようがなかった。

文之介は目を落とした。手習《てならい》の出来を手習師匠に見てもらっている手習子《こ》のように、権之助が強い瞳で見ている。

文之介はにこりとした。

「すごいぞ」

「まことですか」

「いいものが描けたのは、本人が一番よくわかっているだろうに」

「まあ、御牧の旦那のおっしゃる通りですね。手応えはありました」

「これだけのものを描いてもらった以上、仏さんの身許は必ず明らかにしなきゃいけねえな。いや、この人相書があれば、すぐに知れるだろうさ」

文之介は確信している。勇七も同じ思いを抱いているのは、明白だった。

「権之助、もしまたこの近所で人相書を描く必要に迫られたときは、よろしく頼むぜ」

「ええ、おまかせください」

権之助が胸を拳《こぶし》で叩くように力強く請け合った。

文之介は人相書をていねいに折りたたみ、懐にしまいこんだ。

「じゃあ、行ってくるぜ。権之助、朗報を待っててくれ」

辞儀をする権之助たちの見送りを受けて、文之介は勇七を連れて歩きだした。

途端に強い風が吹きつけ、砂塵《さじん》を舞いあげた。近くで、きゃっという若い娘の声がした。着物の裾がまくりあげられ、必死に手で押さえている。

文之介は軽く眼差しを流しただけで、さっさと行きすぎた。

「旦那、変わりましたねえ」

それを見た勇七がしみじみといった。

「なにが」

「今の娘さんですよ」

「裾をまくりあげられて、あわてて娘のことか」

「そうですよ。以前の旦那なら、目を輝かして見入っていたところだったのに、ちらっと目をやっただけでしたからね、あっしはびっくりですよ」

えっ、といって文之介は眉をひそめた。

「俺が、娘のそんな光景に見入ったことなんかあったか」

勇七が啞然《あぜん》とし、体をかたまらせる。

「忘れちまったんですかい」

ああ、と文之介は答えた。

「旦那、大丈夫ですかい。耄碌が本当にはじまっているんじゃないんですかい」

「心配するな」

にっと笑って文之介は勇七の肩をばしんと叩いた。

「冗談だよ。ちゃんと覚えているさ。前はああいうのを見て、喜んでいたんだよなあ。今じゃ考えられねえ」

安心したように勇七が息をつく。

「どうして旦那は変わったんですかね。やっぱりお春ちゃんをもらったのが、よかったんですかね」

「お春を女房にしたことで、同心としての自信がよりついたってこともあるんだろうけど、それよりも、勇七と一緒に事件を解決に導いてきた、そのことが一番大きいんじゃねえかって気がする」

「ほう、さいですかい」

勇七は興味深げに耳を傾けている。

「事件を解決するにあたって、俺たちはいろいろな光景を目《ま》の当たりにすることになったよな」

ええ、と勇七が首を動かす。

「そんなさまざまなものを目にしているうちに、風で娘の裾がめくれあがったくれえのことで、瞳を輝かしている場合じゃねえってことに、気づいた感じだな。体の奥底に眠っていたものが目覚めたっていうのが最もふさわしいいい方かもしれねえ」

「体の奥底に眠っていたものですかい。それはいったいなんなんですかね」

うむ、なんだろうな、と文之介は頭をかしげた。

「やっぱり先祖代々、この体に流れる同心の血としか、いいようがねえな」

「そうなんでしょうねえ。うらやましいですよ。あっしにはそういう血は流れていませんからねえ」

「だが、もし俺のそばにおめえがいなかったら、俺の体に流れる血は、半分もその働きをしなかっただろう。勇七、おめえが俺の奥底に眠るものを目覚めさせてくれたんだ。俺はおめえに感謝しても、し足りねえ」

そんなことはありませんよ、と勇七が強くいった。

「すべては、旦那ががんばってきたからですよ」

「がんばれたのだって、勇七がそばにいてくれたからこそだ。――勇七」

文之介は呼びかけた。

「なんですかい」

「これからも俺を支えてくれ。頼むぞ。俺はおめえがいねえと、きっと駄目になっちまうからな」

「駄目になっちまうなんてことはないでしょうけど、旦那がいやっていうまで、あっしは一緒にいさせてもらいますよ」

「いやだなんて、一生いわねえよ。勇七、頼むぜ。俺と一緒に長生きしてくれよ。途中でくたばったりしたら、俺はあの世まで行っておめえを引き戻すからな。わかったか」

「ええ、かまいませんよ。地獄の閻魔《えんま》が駄目だっていったら、二人して叩きのめしてやりましょう」

「そいつは勇ましくていいこったが、勇七、おめえの行き先は地獄なのか。極楽じゃねえのか」

「そりゃ極楽が望みですけど、地獄だって思っていて極楽へ行ければ、儲《もう》けものじゃないですか。その逆は相当つらいものがありますからね」

ははは、と文之介は笑った。

「いかにも勇七らしいや。だが、おめえは極楽行きだよ。俺が太鼓判を押してやる。おめえのような善人が極楽に行かなくて、誰が行くってんだ」

「そうですかねえ。しかし旦那、あっしはきっと旦那以上に長生きしてみせますから、心配は無用ですよ」

「勇七、その意気だ。長生きしてくれよ」

「まかしてください」

勇七が胸を拳で打った。重くて響きのよい音がした。

四

蕎麦切りにじっと目を落とした。

灰色が濃く、かすかに茶色を帯びている。ざるの上の蕎麦切りは、きれいに切りそろえられている。このあたりは素人の仕事では、明らかにない。

蕎麦切り自体、こうして眺めているだけでは別段、まずそうには見えない。

お春は香りを嗅いでみた。すぐに顔をしかめた。

蕎麦切りのよいにおいがしない。

小ぶりの徳利から、つゆを蕎麦猪口《ちょこ》に移してみる。こちらもにおいを確かめた。醤油のにおいばかりが鼻をつく。

あまりいい醤油を使っていない。お春は味噌醤油問屋の娘だから、醤油のちがいはよくわかる。

もっといい醤油を使えば、格段においしくなるのに。

蕎麦職人としてまずまずの腕をしているようなのに、もったいなかった。

お春は店内を見まわした。昼時というのに、客は自分たちだけで、閑散としていた。

店はさして広くない。お春たちがいる座敷は四畳半で、あとは小上《こあ》がりが一つに、土間の隅に長床几が二つ置いてあるにすぎない。十二、三人が座れば一杯だろう。

もともとこれだけの広さでしかないのに、客がお勢を入れて四人というのは、かなり寂しいものがあった。

それに、店はあまりきれいにしていない。ごみや塵が落ちているということはないが、座布団は汚れがしみつき、畳もしみが一杯についている。

座敷の隅には、なにが入っているのかわからない、行李《こうり》のような箱が乱雑に天井近くまで積みあげられており、今にも崩れ落ちそうなのが少し怖い。

「お待たせ」

暗い声でいって、頭に鉢巻をした五十絡《がら》みの男がやってきた。先ほど白湯《さゆ》を持ってきて注文を取っていったが、この店のあるじなのだろう。

ほかに奉公人らしい者はいない。閑古鳥《かんこどり》が鳴いているこの状況では、雇いようがないだろう。男は手にしている皿を、畳の上に音をさせて置いた。

蔬菜ときのこの天ぷらの盛り合わせである。茄子《なす》に椎茸《しいたけ》、しめじ。それにかぼちゃもあった。

良質の油を使っていないのだろう、天ぷらはいい色をしていない。あるじの顔色と同じだ。

あるじは額が異様に広く、眉がずいぶんと顔の下のほうについている感じを受ける。目が鋭く、鼻が高い。顔色の割に頬はふっくらとし、耳が大きい。顔全体はどこか茫洋《ぼうよう》として、特徴がつかみにくい。

申しわけ程度に頭を下げて、あるじが去っていった。客商売にはまったく向いていない。

「よし、いただこう」

丈右衛門は自らに気合をかけている。

丈右衛門が、蕎麦切りを手繰《たぐ》りはじめた。刻み葱《ねぎ》を蕎麦猪口に入れ、ずるっと音を立ててすする。一瞬、眉根を寄せかけたが、なに食わぬ顔で箸を動かしている。

いただきます、とお春も蕎麦切りを箸で持ちあげた。葱の浮いた蕎麦猪口のつゆにつけて、口に運ぶ。

顔をしかめそうになった。麺《めん》には腰がなく、香りも一切ない。

つゆもいけない。だしがまったくきいていない。質の悪い醤油のしょっぱさだけが際立っている。

葱も刻んでからときがたちすぎており、なんの香りもしない。嚙《か》んだときの感触が悪すぎる。

あまり食指が動かなかったが、天ぷらも食してみた。

かぼちゃはかたく揚がっている。おいしいとはいいがたい。茄子やしめじ、椎茸には箸をのばす気にならなかった。

それらはすべて、丈右衛門が口に放りこんだ。

蕎麦切りも天ぷらも、これはまずい、と吐きだすほどではないが、飢えるほどに空腹で、よそに一軒も食べ物屋が見当たらないとき以外、この店を利用しようという気にはならない。

つまり、この店の暖簾《のれん》をくぐることは二度とないだろう。

お知佳は無言で蕎麦切りをすすっている。おいしいときは黙っていられないたちだから、この蕎麦切りをどんなふうに感じているか、説明の要はない。

お勢は三人が蕎麦切りを食べているのを見て、ほしい、ほしい、と盛んにいっていたが、丈右衛門に少しもらっただけで、すぐさまなにもいわなくなった。今は畳の上で寝かされ、眠りはじめている。

お春はようやく食べ終えた。一枚のざる蕎麦にこれはどときをかけたのは、初めてではないか。

丈右衛門は、ほとんど蕎麦切りを嚙まずに食し終えたようだ。あっという間に平らげていた。

お知佳のざるにも、一本たりとも蕎麦切りは残っていない。二人とも残す習慣がないのだ。

それはお春も同じである。父の藤蔵に厳しくしつけられた。文之介も、だされたものはすべて胃の腑《ふ》におさめるのが当たり前になっている。

お春は白湯を喫し、口のなかのしょっぱさを洗い流した。それで、ようやく人心地《ひとごこち》がついた。

丈右衛門とお知佳も白湯をすすっている。二人ともほっとした顔になっている。

もっとも、丈右衛門は、すまなそうな表情を隠せずにいた。

お春は苦笑を禁じ得ない。だから、わざわざまずい店を試してみようなどということは、やめておいたほうがいいのだ。

今日のことは、お知佳にずっといわれ続けるのではないか。

男の人のやることは、やはりさっぱりわからない。まずいとわかっていて、暖簾をくぐるなど、女なら決してやらない。

お春は、いったいどんな人がこの蕎麦切りをつくっているのか、そのことに興を惹かれた。

入るときに確かめたが、店の外には、蕎麦屋を示す看板は出ていなかった。屋号を知らせるものもなかった。

暖簾にもなにも書かれていなかった。ただ、煮染《にし》めた醬油のような色をして、無愛想に風に揺れていただけだ。

厨房《ちゅうぼう》にいる蕎麦職人は、先ほどのあるじだろう。暗い声のむずかしい顔をしたあの五十絡みの男が、蕎麦を打っているのである。

表情がひどくくすんでいた。いったいどんな不幸が襲ったのか。

店を営むような者には、笑顔が必要にちがいない。笑う門には福来たるという言葉は、偽りではないとお春は思う。

それにしても、と少し腹が煮える。こんな蕎麦切りを客にだして、お金をもらおうだなんて、いい神経をしている。まずいものを食べさせられたときの腹立たしさは、まさに憤懣《ふんまん》やるかたないといういい方がぴったりだ。どんなに注意しても、まずい店にはときおり当たるが、本当に味見をして客にだしているのかと疑いたくなる。もし味見をしているのなら、肝心の舌がおかしくなっているのだから、店などさっさと閉じたほうがいい。どのみち、長続きしない。

とはいっても、こんな店がどうして、と思うようなところにそれなりに客が入り、生き残っているのが、江戸という町の不思議さでもある。

だが、いつ店をひらいたのか知らないが、いくらなんでもこの蕎麦屋は無理だろう。そのうち潰れてしまうにちがいない。

なんとなく目を感じ、お春はそちらに顔を向けた。

戸口に男の子が立って、こちらをじっと見ていた。いや、にらみつけているといってよい。

墨で黒々と描いたような太い眉が逆八の字につりあがり、大きな目も強い光を放って、いかにも勝ち気そうな顔つきをしている。ぐっと唇を嚙み締めているのは、なにか悔しいことがあったからか。

十歳くらいだろうが、いったいなにがあったというのか。

手習所に行っている歳だから、手習で友垣《ともがき》と喧嘩《けんか》でもしたのか。

その前に、あの子はどうしてここにいるのか。客ではないだろう。

この店の子なのだろうか。あるじの息子か。

そう思って見てみると、目のあたりがよく似ていた。

丈右衛門も男の子に気づき、穏やかな目で見ている。どうして男の子がにらんでいるのか、承知している顔だ。

お春は、はっとした。あの子は、久しぶりに店を訪れた客がどんな顔で父親の打つ蕎麦切りを食べたか、確かめていたのだ。

それが、やはりまずいとしかいいようがない表情をしたから、悔しくてならないのだろう。父親に対しても腹を立てているのかもしれなかった。

男の子が体をひるがえし、だっと店の外に出ていった。暖簾がその勢いに、激しく揺れる。

丈右衛門が代を支払って、お春たちは店を出た。

「この店はなんという名なのですか」

お春は出しなにあるじにたずねた。

あるじは不思議そうな顔をして、お春を見た。この店の名に興味を持つ者がいるなんて、という表情に見えた。

「竹見屋《たけみや》といいます」

意外に澄んだ声音で答えた。

「由来はなんですか」

「あっしが幼い頃、住んでいた家の裏手が竹藪《たけやぶ》になっていましてね、毎日その竹藪を眺めて暮らしていたんですよ。風に吹かれてしなる竹は、毎日見ていても、まったく飽きなかった」

昔を懐かしむ目を隠すことなく、あるじはいった。

「ご主人、お名は」

あるじはにこりとした。そうすると、意外に人なつこそうな顔つきになった。

「名乗るような者じゃございません」

ぺこりと頭を下げると、今日はこれで終わりだといわんばかりに外に出て、暖簾をさっさとはずした。

お春たちも外に出た。家に向かって歩きだす。

「お春、お知佳、すまなかったな。この通りだ」

足をとめて丈右衛門が深く腰を折る。行きかう人たちが、奇異の目で丈右衛門を見てゆく。

「あなたさま、別に謝るようなことではありませんよ」

お知佳がやわらかな口調でいい、丈右衛門の顔をあげさせた。

「少なくとも、話の種になるじゃないですか。私はむしろ楽しかった」

そうですよ、とお春も口を添えた。

「それに、あの主人、なにか謎《なぞ》めいたものがあって、そのことだってとてもおもしろそうじゃないですか」

間を置かずにお春は言葉を続けた。

「お蕎麦は確かにおいしくなかったんですけど、あのやる気のなさは、いったいなんなんだろう、と少し興を惹かれたのも事実です」

丈右衛門が、気が軽くなったように笑いをこぼした。

「お春、それも突きとめようというのではなかろうな」

お春は笑顔でかぶりを振った。

「そこまでは無理です。かぼちゃの届け主を捜しだすことで、手一杯です」

「どうしても捜しだすのか」

「私には無理ですか」

「そのようなことは申しておらぬ。恩返しであるなら、そのうち姿をあらわすのではないか、と思ったまでだ」

お春、と丈右衛門が呼びかけてきた。

「今日これから捜しはじめるのか」

「はい、そのつもりです」

「一人でか」

表情に危うさを刻んで、丈右衛門がきく。お知佳も一人では危ないのではないか、といいたげだ。

「いえ、一人で調べる気はありません。安心してください」

お春はきっぱりと告げた。

「誰と一緒に調べるんだ」

「おとっつぁんと」

お春は即答した。

「藤蔵か。このところ会っておらぬが、元気にしているのか」

案じ顔の丈右衛門に問われた。

「私もちょくちょく実家に帰っているわけではありませんよ」

いいわけでなくお春は前置きをした。

わかっているさ、と丈右衛門がにこにこしていった。

「この前、数日前のことですけど、会ったときはとても元気でした。気力もだいぶ戻りつつあるようです」

お春の父の藤蔵は、嘉三郎《かさぶろう》という悪者にはめられ、毒入りの味噌を客に売ることになってしまった。少なくない死者が出て、藤蔵は町奉行所にとらえられ、三増屋も潰れる寸前まで追いこまれたが、丈右衛門や文之介の活躍で無実が明かされ、藤蔵は無事に家に戻ることができた。

しかし、死者をだしてしまったことで良心の呵責《かしやく》を感じ、自死することで藤蔵が責任を取ろうと考えていたのは、まちがいないことだった。お春たちはしばらく目が離せない状態が続いた。

それが、丈右衛門に箱根の温泉に連れていってもらうなどした結果、ようやく気持ちのほうもしっかりしてきたのだ。

これまでは、練達《れんたつ》の番頭や手代《てだい》たちが店を切り盛りしてきたが、最近では藤蔵も店に立つことが多くなった。商売も以前の売上にはまだ及ばないものの、客の多くが戻ってきてくれた。

きっと以前の売上を超す日が近々やってくるにちがいない。そのことをお春はすでに確信している。

真顔に戻って丈右衛門が口をひらいた。

「このところ、藤蔵は店に出っ放しという話もきいた。外に引っ張りだし、無理にでも休みを取らせたほうがよいな」

気持ちよさそうに風に吹かれている。着物の裾がばたばた鳴っているが、藤蔵に気にする様子はない。

胸を広げ、目を閉じて、大気を思い切り吸いこんでいる。

いかにも爽快そうでお春も真似をした。

いま、お春と藤蔵がいるのは深川のはずれの砂村《すなむら》というところだ。このあたりも潮の香りが濃い。

砂村は、かぼちゃづくりで名のある土地だ。ここのかぼちゃは、ほかの土地のものとは出来がちがうと、もっぱらの評判である。砂村というだけで、かぼちゃの値があがるくらいだ。

砂村はかぼちゃだけでなく、西瓜《すいか》や茄子、胡瓜《きゆうり》も江戸の者によく知られている。農業がひじょうに盛んな土地柄である。

ここまで来れば、なにか手がかりがつかめるのではないか、とお春は考えたのだ。

その考えに藤蔵も賛同し、一緒に足を運んでくれたのだ。

広々とした土地が広がっている。風の通りがよすぎるくらいで、点在する百姓家もまともに潮風を受けている。

畑にへばりつき、這《は》いつくばるように働く百姓衆の姿が見える。ああして百姓衆が骨身を惜しまず働いているからこそ、自分たちの口に食べ物が入るのだ。百姓衆には感謝してもしきれない。

お春は百姓の夫婦に話をきいた。ここでもかぼちゃをつくっていた。いいかぼちゃだが、今朝、屋敷に届けられたものより少し小さかった。

「すごいかぼちゃをつくっている人かい」

亭主のほうが自分たちの畑のかぼちゃに目を落とす。

「うちのも悪くはねえんだが、すごいかぼちゃをつくる人は確かに一人いるよ」

かぼちゃづくりの名人といわれている人だそうだ。

その人が、屋敷にかぼちゃを届けてくれたのだろうか。だが、いきなり見つけられるなんてことが、あるのだろうか。

とにかくその名人に話をきくことにし、家がどこかをきいて、さっそく足を向けた。

かぼちゃづくりの名人は畑に出て、忙しそうにしていたが、声をかけると、お春たちがいる道まで気さくに出てきてくれた。

歳は六十をとうにすぎているようだが、足腰はしっかりし、どこか剣の達人に通ずるようなところがある。

「すみません、ご多用のところ」

お春が頭を下げていうと、真っ黒な顔をにかっとさせた。

「なあに、ちょうどいま一休みしようと思っていたのさ」

この畑でつくられているかぼちゃは大きく、いかにも重みがありそうだ。今朝届けられたかぼちゃにそっくりである。

お春の胸は高鳴った。この人がそうなのだろうか。

お春は名乗り、藤蔵を紹介した。夫が八丁堀の同心であることを最後に告げた。

「ふーん、親子で来たのか。しかも、旦那が八丁堀の同心か。なにか旦那に頼まれて、調べに来たのかい」

この人ではない。お春は即座に覚った。

「うちの人に頼まれてここまでやってきたわけではありません」

お春は、今朝届けられたかぼちゃのことを単刀直入に語った。

名人が目を柔和に丸くする。

「へえ、そんなにすごいかぼちゃだったのかい」

「はい、こちらのかぼちゃには及ばないかもしれませんが、よく似ているような気がします」

名人が目を穏やかに和ませる。

「ずいぶんと気をつかったいい方をするね。わしのつくっているかぼちゃはそんなに大層なものではないよ」

不意に瞳を真剣なものにした。目のうちをきらりと光が走っていった。

「そのつくり主を突きとめようとして、あんた方はここまで来なさったか。しかしな、それだけのかぼちゃをつくるのには、相当の年期が必要だ。わしもこの大きさのかぼちゃをつくれるようになるまでは、いろいろなことを試したものだよ」

息をついてから名人が言葉を継ぐ。

「それだけ立派なかぼちゃをつくるためには、骨身を惜しまない姿勢がとにかく大事だろうね。かぼちゃを届けた人は、そういうことができる人だよ」

「このあたりでそういう人はいますか」

ふむ、と口にして名人が眉を曇らせる。

「いないねえ。あまり大きな声じゃいえないけれど、そこそこのかぼちゃをつくって満足しているような者ばかりだね。それじゃあ、本当はいけないんだけどな。砂村のかぼちゃってことで、町の人も喜んで買ってくれるからね。このくらいでいいって思ってしまうんだな」

眉根を寄せて名人があたりを見まわす。

「砂村というと、かぼちゃだけでなく、西瓜も有名だからね。かぼちゃもつくり、西瓜もつくりってことで、暮らしに窮することがない。できれば楽して生活したいって、誰もが思うことだから、仕方ないね」

「でも、皆さん、一所懸命働いていらして、すごいと思います」

「ええ、本当ですよ」

名人をじっと見て藤蔵が初めて口をひらいた。

「手前は商売をしていますが、見習いたいと心から思いました。手前などはまだまだ甘いと」

おや、という顔をして名人が藤蔵を見つめる。

「おまえさん、だいぶ苦労したようだ。だが、人として一皮むけたものが感じられるなあ。おまえさんはきっとこれからだよ」

名人が、無精ひげがまばらに伸びた顎をそっとなでさすった。

「みっともない伸び方をするんだから、毎朝必ずひげを剃るようにと女房にうるさくいわれてるんだが、かぼちゃづくりに忙しくて、剃る暇もないんだな、これが」

そのものいいがおもしろくて、お春はくすりと笑いを漏らした。

「しかし、そのせいで世間のことには疎《うと》いんだよ。どこで誰がなにをしているかなんてこと、よくわからないんだ」

さようですか、と藤蔵がいった。

「わしなんかよりも、世間に詳しい者たちにきいてもらったほうが、かぼちゃの届け主にたどりつく早道だと思うよ」

わかりました、とお春はいって、深々と頭を下げた。

「お忙しいところ、お手間を取らせました」

「ああ、いや、そういう意味でいったんじゃないんだよ」

よくわかっています、と藤蔵が穏やかに告げた。

「それならいいんだ」

名人が安堵の色を隠さずにうなずく。

「見つかることを祈っているよ。だが、今日はもう無理かな。暮れかかっているもの」

名人のいう通りで、西の山並に太陽は没しようとしている。空は橙色一色《だいだい》で、あたりの畑もその色に徐々に染めあげられようとしていた。

「うむ、この分なら、明日も天気がいいな。仕事がはかどって助かるよ」

名人の頬も橙色に照らされている。

お春はその顔にまぶしさを覚えた。

「どうだい、ここから見るお日さまは町で見るよりでっかいだろう」

夕日を眺めつつ名人が自慢げにいう。

「ええ、本当に。あんなに大きなお日さまは初めて見ました」

あの太陽は、明日も自分たちを見守ってくれる。かぼちゃを届けてくれた人は、必ず見つかる。お春は掌中《しょうちゅう》にしたようにそれを実感した。

第二章　夜は板前

一

「すまねえなあ」

潮風に吹かれつつ、大勢の人々が行きかう道を足早に歩いていた文之介は大きく首をひねった。

「旦那、どうしたんですかい」

勇七が、うしろからきいてくる。

「いったいなにを謝っているんですかい」

文之介は立ちどまった。首だけを振り向かせる。

「仏さんの身許のことだ。亡骸《なきがら》が見つかって昨日一日、足を棒のようにしてききまわったのに、縁者、家人は見つからず、今日もこうして精だして捜しているってのに、手がかりらしいのが一つも見つからねえってのが、すまねえなあ、と俺としちゃあ、思っているわけだ」

「ああ、仏さんに対してそういうふうに思っているわけですね」

「仏だけじゃねえよ」

文之介はいったが、往来のまんなかに突っ立っていることに気づき、行きかう者たちの邪魔にならないように、道の端にそっとよけた。

ちょうど商家の庇《ひさし》がのびているところで、陽射しをよけることができた。涼しい風が吹き渡り、あっという間に汗が引いてゆく。生き返る気分だ。

文之介は手の甲で、顔に残った汗をぐいっとふいた。そんなんじゃいけませんとばかりに、勇七が手ぬぐいで文之介の顔をふこうとする。

「馬鹿《ばか》、勇七、いいって。俺はもうちっちゃくねえんだ。昔と同じようなことはやめてくれ」

「しかし旦那は、人離れした汗っかきですからね」

勇七は手をとめようとしない。

「俺だって手ぬぐいくらい持ってるよ。ほれ、これだ」

文之介は懐から取りだし、ひらひらさせた。強い風に持っていかれそうになり、あわててぎゅっと握り締めた。

「いつのですかい」

「いつのって、今日、お春が持たせてくれた」

「本当ですね」

「嘘をついたって仕方あるめえ」

勇七が手ぬぐいをようやく引っこめた。ていねいにたたんで袂《たもと》に落としこむ。

「勇七、おめえの手ぬぐいはいつのなんだ」

「旦那と同じですよ。女房が今日、持たせてくれたんです」

そうかい、といって文之介は笑顔になった。

「さすがに弥生《やよい》ちゃんだ。お互い、よくできた嫁でよかったな」

「そうですね。しかし、手ぬぐい一つでほめてもらえるなんて、女房もうれしいんじゃないんですかね」

「ほめてやれるところは、どんなに小さなことでもほめてやったほうがいいだろうからな。それで一日、お春なり、弥生ちゃんなりが気分よくすごせるんだったら、俺はいくらでもほめてやるよ」

ほう、と嘆声を漏らし、勇七が尊敬の眼差しで見やる。

「旦那はほんと、いい男になりましたねえ。惚れ惚れしますよ」

「勇七がもし女だったら、惚れちまうか」

「ええ、お嫁さんにして、って体をくねくねさせて頼みこむにちがいありませんや」

ふふ、と声を出して文之介は微笑した。

「体をくねくねか。宴会の余興で女の格好をして勇七がそれをやれば、きっと受けるにちげえねえぜ」

まじめな顔になって勇七が小さく首をかしげた。

「あれ、話が横道にそれましたね。なにを話していたんでしたっけ」

勇七にきかれて文之介は思いだそうとした。

「あれ、ほんとになんだっけな」

そうだ、といって勇七が拳と手のひらをぽんと合わせる。

「すまねえって話ですよ。仏さんだけにすまねえって思っているわけじゃないって、旦那がいったんです」

ああ、そうだったな、と文之介も思いだした。

「すまねえってのは、人相書を描いてくれた権之助にもすまねえし、帰りを待ちわびているはずの仏の家人、縁者にもすまなくてならねえってことだ」

なるほど、と勇七が相づちを打つ。

「しかし、旦那、大丈夫ですよ。気に病むことはありませんせん」

首をかしげて文之介は勇七を見つめた。

「勇七にしては、ずいぶんと気軽な物いいをするじゃねえか」

「あっしだって、たまにはそういうこともありますよ。どうしてそんなことをいうかというとですね」

うん、と文之介は先をうながした。

「旦那は、昨日からまじめに仕事に励んでいるわけですよ。以前は女のけつを追いかけまわして見廻りを怠けたり、胸の大きい女に見とれて探索を怠ったりしていたわけですけど――」

「ちょっと待て、勇七」

話の腰を折ることを承知で、文之介はいった。

「俺は女絡みで、仕事をないがしろにしたことなんか、一度もねえぞ」

勇七が人さし指を振り子のように振る。

「それは旦那の記憶がまちがっています」

「そんなことねえ。俺の記憶は確かだ」

「記憶ちがいですよ。旦那は女の尻《しり》と胸しか興味がなかったんです」

「うーむ、そうだったかな。そう強くいわれると、そんなふうに思えてきた」

勇七が深くうなずいてみせる。

「ええ、それこそが正しい記憶ですよ」

「それで、女を追いかけなくなった俺が、仏の身許がいまだにわからねえことを、どうして気に病む必要がねえんだ」

「それは、さほどときをかけずに仏の身許がわかるからですよ」

「自信たっぷりだな、勇七」

もちろんですよ、と勇七がいった。

「神さまは、陰日向《かげひなた》なく働く者をしっかりと見てくださってますからね。ご褒美《ほうび》として身許だって、すぐにわかるようにしてくださるはずですよ」

「そんなにうまくいくかな」

いきますよ、と勇七が力説する。

「仕事を怠けたりせずにひたすら前に突き進んでゆけば、必ず身許ははっきりしますって」

話の内容より、むしろ勇七の一所懸命さに、文之介は熱いものを覚えた。

「わかったぜ、勇七。ぼやくのはやめて、仕事に励むことにしよう。そうすれば活路がひらけるってことだな」

そういうこってす、と勇七がうなずいた。

強い陽射しが降り注ぐなかに、文之介は再び出た。力強く足を前に運びはじめる。うしろを勇七がついてくる。

人相書を手に、小名木川《おなぎがわ》沿いに調べを進めた。

「お春ちゃんといえば、かぼちゃを届けてくれた人はどうなりました」

勇七がたずねてきた。文之介は首をねじり、勇七を見やった。

「昨日は砂村まで行ってきたそうだ。お義父さんと一緒にな」

「へえ、さいですかい。藤蔵さん、だいぶ元気になったんですね」

「ああ、よかったよ。一時は本当に重篤《じゅうとく》の病人みてえになっていたからな。お春によると、もう昔の調子を取り戻しつつあるようだ」

そいつはよかった、と勇七が噛み締めるようにいった。

「かぼちゃのほうの手がかりはあったんですかい」

勇七にきかれて文之介は苦笑いした。

「同心の妻といったって、やはり素人だからな、そうはうまくいかなかったそうだ。手がかりはなしだ」

「そいつは残念でしたね」

「今日も、お義父さんと一緒に出かけるそうだ」

「どこに行くんですかい」

「また砂村らしい。砂村と一口にいっても広いからな、徹底してあのあたりを捜してみるんだそうだ」

「なんでもとことんやるのは、いいことですよね」

俺もそう思うぜ、と文之介は同意してみせた。

やがて二人は横川にかかる扇橋《おうぎばし》を渡り、扇橋町《ちょう》に入った。この町の自身番に詰めている者たちにも、死骸の人相書を見せてゆく。

おっ、と声をあげた者がいた。町に雇われて、自身番の番人をつとめている男だ。

「知っているのか」

勢いこむのを我慢し、文之介はできるだけ平静にただした。

「ええ、知り合いに似ているような気がします」

「その知り合いの名は」

銀七郎《ぎんしちろう》とのことである。

「住みかは」

「ここを南にくだった石島町《いしじまちょう》です」

一之助店《いちのすけだな》という表店だそうだ。

「独り者か」

「いえ、女房と幼子が一人、いるようなことをききました」

「おめえさん、銀七郎とはどういう知り合いだい」

「はい、行列仲間とでも申しましょうか、そんな感じです」

「なんだい、そいつは」

「石島町においしい大福を売っている店があるんです」

「山戸屋《やまとや》のことか」

「ああ、ご存じでしたか。さすがにございますね」

「甘《あめ》え物好きで、深川石島町の大福の山戸屋を知らなかったら、もぐりだぜ」

そういえば、といって文之介は言葉を続けた。

「あの店は、しょっちゅう行列してやがるなあ。行列仲間ってのは、大福目当てに並んでいる連中のことか」

「ええ、銀七郎さんとは何度もあの店の前で顔を合わせましたよ。女の人や子供がこぞって行列しているなか、大人の男というのは、けっこう目立つんですよ。順番を待っているあいだに、なんとなく話をする仲になりました」

そういうことかい、と文之介は納得した。

「それで、互いに住みかや家人のことの話をしたってわけか」

「ええ、手前と同じで、銀七郎さん、女房に頼まれて大福を買いに来るんだっていってました。あの、ところで銀七郎さん、どうかしたんですか」

憂《うれ》いを表情にあらわして、番人がきいてきた。

人相書を描かれるくらいだから、銀七郎の身になにもなかったと思うほうがどうかしている。

心が重かったが、ここはいわずに済まされない。

文之介は神託を述べる神主のようにおごそかな口調で、人相書の男が自死したことを告げた。もしかすると、殺されたかもしれないことは、ここではいわなかった。

ええっ。驚きのあまり番人がのけぞった。町役人が横からあわてて支える。

「じ、自死ですか」

番人がききまちがえたかのように、きき直してきた。

「ああ、そうだ。首をつったんだ」

「首つりですか。ど、どうして。——あの、わけはわかっているんですか」

いや、と文之介は静かにかぶりを振った。

「ああ、そうか、まだ八丁堀の旦那は身許をお調べになっている最中だった。銀七郎さん、あんなに山戸屋の大福を楽しみにしていたのに、もう二度と……」

そのあとは言葉が続かなくなった。

よし、と文之介は心でいって、強く顎を引いた。

「いろいろと世話と手間をかけたな。さっそく山戸屋に行ってみるぜ」

勇七を含めた扇橋町の自身番にいる者すべてが、えっという顔をした。

なぜかわからず文之介は面食らった。

「俺、なにか変なことを口走ったか」

「旦那、行くのは山戸屋さんじゃなくて、長屋の一之助店ですよ。なに、ぼけているんですかい」

あっとうめいて文之介は頭をぽかりとやった。

「本当だ。俺はどうかしているな。山戸屋に話をききに行く気になっちまっていた」

しっかりしてくださいよ、と勇七が背中をどやしつけてきた。

痛えっ、と文之介は跳びあがった。

「勇七、やりすぎだろう」

「旦那は、このくらいやらなきゃ駄目なんですよ」

「ようし、勇七、覚えてやがれ。おめえがぼけたことをしたら、必ず同じことをしてやるからな」

「ええ、待ってますよ。さあ、旦那、一之助店に行きますよ」

「八丁堀の旦那、しかし、山戸屋さんに行くというのは、決してまちがいではないんですよ」

先ほどの番人の男が横からいった。

「銀七郎さん、住みかは山戸屋さんのそばってことでしたから」

みろ、と文之介は勇七にいった。

「俺はまちがえていねえぞ」

「なにいってんですか。たまたま近いからよかったものの、もし遠かったらどうするんですか」

「ああ、そりゃそうだな。勇七、おめえ、頭がいいな」

「あっしはよくありませんよ。ただ、旦那の頭が……」

「勇七、おめえ、なに、急に口を閉ざしてやがんだ」

「だって、その先はいえないですから」

「頭が悪いっていいてえのか」

「すみません」

勇七が頭を下げる。文之介はそれで怒りの矛をおさめた。

「まあ、いいや。早いとこ、一之助長屋に行くぞ」

文之介と勇七は自身番をあとにし、南に向かって歩きだした。右側に見えている流れは横川だ。

とはいっても、流れなどほとんどない。水面はじっと滞っているように見える。だが、この水もずっとその場にとどまっているわけではない。いつかは大川のほうへと流れてゆく。

そのことが、なんとなく文之介は不思議な気がした。考えてみれば、人も似たようなものだろう。

同じ場所で生まれ、育ち、その場にとどまり続けているように思えても、いつしか歳を取り、この世から消え去ってゆく。この水たちにとってさしずめ大川があの世ということになるのか。

そんなことを考えて、文之介は苦笑した。俺はなにくだらねえことを頭のなかでいじくりまわしてんだ。

「旦那、なに、ぶつぶついっているんですかい」

文之介は驚き、さっと振り向いた。横川の水面を騒がしてあがってきた風が、音を立てて吹きつける。土埃はまじっておらず、潮の香りが心地よい。

「勇七、俺はぶつぶついってたか」

「ええ、もうなにかに取り憑《つ》かれたみたいでしたよ」

文之介の眉が八の字に垂れ下がった。

「旦那、なに、情けない顔になっているんですかい」

「そりゃなるさ。頭のなかで考えていたつもりだったのに、声にだしていってるなんざ、思いもしなかった」

「独り言をいうようになったら、人間、おしまいらしいですものね」

「ああ、勇七、俺はもう人としておしめえなのかなあ」

そんなことありませんよ、と勇七が強くいった。

「旦那はまだ若いし、これからですよ。いずれ御番所の屋台骨を背負って立つ人材だと、あっしは思っているんですからね」

「なに、勇七、今なんていった」

文之介に急き立てられて勇七が愚直に繰り返す。

そうかあ、といって文之介は勇七の肩を叩いた。

「おめえは俺のことをそんなふうに思ってやがったのか」

「ええ、そうですよ。旦那は今の御番所にはなくてはならない人ですからね」

「そうだろう、そうだろう」

天を振り仰いで文之介は鼻高々だ。

「よし、勇七、のんびりしちゃいられねえぜ。一之助店に行くぜ」

へい、と勇七は元気よく答えた。

「ふう、お調子者はこういうときに助かるよな」

文之介はぱっと勢いよく振り返った。

「わっ、びっくりした」

「ふだん冷静な勇七でもびっくりすること、あるんだな」

「はあ、そりゃあもう」

「勇七、おめえ、今ぶつぶつと独り言をいってたな。人間、独り言をいうようになったら、しめえだぜ。それはともかく、お銚子《ちょうし》がどうのこうのってきこえたんだが、なにか酒のことでも気にしているのか」

「いえ、そんなことはありませんよ。あっしが滅多に飲まないこと、旦那はよく知っているでしょう」

「まあ、そうだな。だが、お銚子って確かにきこえたんだよなあ。お銚子ってほかになにかあるかな」

「旦那、それよりもさっきはなにをぶつぶついってたんですかい。水面がどうのこうのって口にしてましたけど」

「たいしたことじゃねえけどよ」

文之介は前置きしてから、勇七にどんなことを考えていたのか、伝えた。

「はあ、なるほど。旦那のいう通り、水の流れと人生というのは、確かによく似ている気がしますねえ」

「勇七もそう思うか」

思いますねえ、と勇七が力強く答える。

「俺と勇七はやはり気が合うな」

「こんなにちっちゃい頃《ころ》からのつき合いですからね」

「そうだな。ちっちゃい頃から知っていても、気が合わなきゃ、こんなに長いこと、つき合えねえものな」

道は石島町に入った。ひらいた木戸のそばに自身番がある。

ごめんよ、と声をかけて文之介たちはそこに寄った。

「一之助店に行きてえんだが」

詰めている者にいった。よく知った町だから自分たちで行こうと思えば行けるのだが、このあたりは礼儀として、こういうふうにいっておくのが常道だ。

自身番には三人の男が詰めていた。年老いた一人は町役人のようだ。あとの二人は書《かき》役《やく》に番人か。

「はい、ご苦労さまにございます。お安いご用ですよ」

気軽にいって町役人が出てきた。

「手前がご案内いたします」

「その前に、この男が一之助店に住んでいるか、確かめてえんだが」

文之介は人相書を懐から取り出し、町役人に見せた。

「ええ、住んでいらっしゃいますよ。銀七郎さんでございます。——あの、御牧の旦那」

眉間にしわを寄せ、町役人が上目遣いに見てきた。

「銀七郎さん、どうかされたんでございますか」

文之介は扇橋町の自身番で口にしたのと、同じ言葉をいった。

「ま、まことでございますか」

町役人が跳びあがり、その拍子によろけそうになる。文之介はあわてて手を伸ばした。

その前に勇七が支えた。

ああ、すみません、と町役人が恐縮する。

「年甲斐《としがい》もなくびっくりしちまって。もう大丈夫でございますよ」

うなずいて勇七がそっと手を放す。

「どうして銀七郎さん、自死など」

町役人が呆然《ぼうぜん》としていう。自身番に詰めている他の二人も放心しているように見えた。

力なくうつむき、町役人が涙を流しはじめた。

「同じ町で暮らしてきた銀七郎さんがこの世にもういないなんて、実感はまったくないのでございますが、涙が出てきてしまって。すみません」

「いや、謝ることはねえよ。人間、泣きたいときは泣いたほうがいい。そのほうが悲しみが早く取れるような気がする」

ありがたいお言葉にございます、といって町役人が手ぬぐいで涙をふく。

「もう大丈夫にございます。御牧の旦那、では、まいりましょうか」

「本当にいいのか。俺たちだけで行けるぜ」

「いえ、手前が案内いたします。それが町役人のつとめでございますから」

文之介と勇七は、先導する町役人のあとをついていった。

「――おっ」

文之介は小さく声をあげた。

「こんなときになんだが、勇七、ここがさっき話に出た大福の山戸屋だ。――いや、こいつはいわずもがなだったな。勇七も俺と一緒に本所《ほんじょ》、深川をめぐっているんだった」

山戸屋の前には、ずらりと行列ができている。女子供が多いが、何人か大人の男も並んでいた。

一人、列のなかに取り残された者はばつが悪いのかうつむき加減だが、たまたま相前後して並んだ者同士は、顔なじみなのか、親しげに会話をかわしている。

扇橋町の自身番の番人と銀七郎も、ああして知り合ったのだろう。

「旦那、あの店の大福は、そんなにうまいんですかい」

勇七が山戸屋を横目に見つつ、小声できいてきた。

「ああ、うめえ」

文之介はすぐさま答えた。

「でっけえ黒豆が入ってるのなんか、絶品だぜ。餅がやわらかで、旨《うま》みが濃いんだ。そのなかにしっとりとした黒豆が透き通るように入っていて、一緒に嚙むと、くにゃって感じの歯応えになるんだ。そんなに甘くない餡《あん》もまたいいんだ。餅の味と塩のきいた黒豆の味が引き立つというのか」

こちらです、と町役人が足をとめたところに、長屋が建っていた。表店ということで、確かに表通りに面していた。

まだ建って間もないようで、外柱や障子戸《しょうじど》などが新しい。しかも広々とした部屋が二間はあるようだ。

「こりゃ、いいところですねえ」

勇七が長屋を見あげていう。

「店賃《たなちん》はけっこうなものだろうな」

「ええ、あっしなんかにはとても払えませんよ」

「俺だって怪しいものだ」

なにしろ同心は三十俵二人扶持《ぶち》の薄給である。

商家の者から心付《こころづ》けがあったり、代々頼みといって担当の大名や大身《たいしん》の旗本《はたもと》の家臣が江戸市中でなにかしでかしたときに内々で済ませられるように付け届けを受け取っていたりと、他の同心や与力《よりき》はいろいろと収入があるが、文之介の場合、そういうものはほとんど受け取っていない。

銀七郎の店は、長屋の一番右端に位置していた。

「おきみさん、いるかい」

障子戸をやさしく叩いた町役人がなかに声をかけた。

はい、と女の声で応《いら》えがあった。からりと軽やかな音を立てて障子戸があく。

「ああ、雁之介《かりのすけ》さん」

この町役人が雁之介という名であることを、文之介は思いだした。

なにか、とおきみと呼ばれた女が雁之介に問うた。

「銀七郎さんはいるかい」

「いえ、うちの人、おとといから帰っていないんですよ。ときおりこういうことがあるので、あまり心配はしていないんですけど」

おきみの目が文之介をとらえた。はっとする。

「あの、あの人になにかあったのですか」

おきみが雁之介を飛び越し、文之介にじかにきいてきた。

腹に力を入れ、文之介は前に出た。勇七がうしろに控える。

文之介はおきみの大きな目を見つめた。頬がたっぷりとして、鼻がまん丸く、いかにも温厚そうな性格に見える。

心配していないという言葉とは裏腹に、両目は赤みを宿し、明らかに疲れを帯びている。昨夜は、あまり眠っていないのではあるまいか。それから、銀七郎らしい男の死骸が昨日の朝、見つかったことを伝えた。

あっ、と声を発して、おきみがへなへなと崩れ落ちた。障子戸の桟にすがりつき、うつむいた。こぼれ落ちたしずくが、狭い土間《どま》に黒いしみをつくってゆく。

一匹の蟻《あり》がおきみの足元を横切ってゆくのを、文之介はなんとなく見ていた。おきみの涙をうまくよけてゆく。やがて敷居を乗り越えて外に出ていった。

「おっかさん、どうしたの」

おきみの背後で小さな人影が動き、近づいてきた。

おきみがそれを合図にしたように、顔をあげた。涙で目が真っ赤になっていた。頰が濡れている。

町役人が手ぬぐいを渡そうとしたが、先ほど自分が涙をふいたばかりなのを思いだしたらしく、すぐに引っこめた。

すばやく立ちあがったおきみは左手を伸ばし、そこにかかっている手ぬぐいをつかんだ。それで静かに涙をぬぐった。

「失礼いたしました。もう大丈夫です」

はっきりとした声音で気丈にいった。

「おっかさん」

影が姿をあらわした。小さな娘だった。まだ三つか四つだろう。くりっとした目が母親似だ。

昼寝をしていたのか、少し眠そうにしている。娘は文之介たちを見て、かすかにおびえを見せた。

「どうかしたの。おとっつぁんになにかあったの」

「なんでもないの。おつた、おりみちゃんのところに遊びに行ってらっしゃい」

「えっ、でも」

おつたと呼ばれた娘がためらう。

「いいから、早く行ってらっしゃい」

少し不満げにしていたが、やがて、はい、と答えておつたは女物のかわいらしい下駄を履いて外に出ていった。

「おきみさん、少し話をきかせてもらいてえんだが、かまわねえか」

口調に真摯さを宿して文之介は申し出た。

「はい、もちろんです」

文之介たちはなかに通された。町役人の雁之介は、手前はここで失礼させていただきます、と告げた。

忙しいところすまなかった、と文之介は声をかけた。

店はやはり二間あった。一間は四畳半で、もう一間は六畳間だ。文之介たちが腰をおろしたのは、奥の六畳間のほうである。

文之介はあらためて人相書を取りだし、おきみに見せた。

「これは亭主か」

おきみが手に取り、目を落とす。

「は、はい」

声が震えた。手も震えている。

文之介は心でため息をついてから、どういう状況で死骸が見つかったか、そのことをいった。

「神社で首つり……」

意味を嚙み締めるようにおきみがいった。

「でも、自死だなんて、そんなことあり得ません」

「そう思う根拠があるのかい」

文之介は優しくたずねた。

「はい、あります。あの人、娘のために人形を注文したんです。それが明日、ようやっとできあがってくるんです。ちょうど三月、かかりました。その人形のことは、娘には秘密にしていましたから、私たち、とても楽しみにしていました。娘が驚き、喜ぶ顔を目の当たりにするのを」

「その人形は高価なのか」

「はい、かなり」

代はちょうど二分《ぶ》とのことだ。

「もう代は払ってあるのかい」

「もちろんです。あの人、腕のよい板前で、稼ぎはとてもよいですから、二分くらい、なんでもありません」

そうか、といって文之介は、うしろに控える勇七にちらりと目を投げた。どう思う、と瞳できく。

勇七は、自死ではないかもしれませんね、と目で答えた。

その通りかもしれねえ、と文之介はおきみに目を戻して思った。帯を結わえた枝が折れ、体が町地に落ちたのも、銀七郎の執念なのではないか。

寺社奉行所はいっては悪いが、さして探索の力はない。任命された大名の家臣が、探索に従事するだけだからだ。ときにまともな力を持つ者はいるが、ほとんどは探索のなんたるかも知らない者ばかりである。

寺社奉行所がもしこの事件を担当していたら、面倒を恐れ、とっくに自死の判断をくだしていたにちがいなかった。

「おきみさん、すまねえが、一緒に来てくれるか」

おきみは、どこにですか、という顔をしている。

「北森下町の自身番だ。そこに銀七郎さんと思える仏さんがいるんだ」

わかりました、とおきみがいった。立ちあがる。

文之介たちはいったん外に出た。おきみが出てくるのを路地で待つ。長屋の女房衆ばかりでなく、道行く人たちも、文之介たちをじろじろ見ている。

おきみが出てきた。背中を見せて、障子戸を静かに閉める。

「おきみさん、どうかしたのかい」

やせた背中に声をかけたのは、同じ長屋の女房のようだ。

おきみが振り返る。

「あの、ちょっと留守にしますので、よろしくお願いします」

「ああ、わかったよ。まかしといとくれ」

真剣な顔で女房が何度もうなずいた。

「まいりましょう」

おきみが文之介と勇七をうながす。ああ、と文之介は答えた。

「おきみさん、出かけることを娘に伝えなくていいのか」

文之介にいわれて、おきみがはっとする。

「ああ、そうでした。うっかりしていました。あの人のことで頭が一杯で」

おきみが、長屋から五間《けん》ばかり離れた路地に入ってゆく。突き当たりに裏店のものらしい木戸が見えた。

おきみはその木戸をくぐった。木戸には林太郎《りんたろう》長屋と記された薄い板が打ちつけてあった。

林太郎長屋は全部で十六軒の長屋が路地をはさんで向き合っていた。おきみは右側の三軒目の店の前に立った。障子戸はあけられている。

文之介たちは遠慮し、少し離れた場所に立った。

「およしさん、いる」

すぐに若い女房が顔を見せた。

「ああ、おきみさん。おつたちゃんなら、おりみと一緒に遊びに出たわよ」

およしと呼ばれた女が、文之介と勇七に気づく。表情がこわばった。どうかしたの、とおきみに問いたい顔つきをしている。

「ちょっと出てくるので、おつたをよろしくお願いします」

「ええ、わかったわ」

「もしかすると遅くなるかもしれないから、夕餉《ゆうげ》も一緒に食べさせてくれると、助かるのだけど」

「お安いご用よ。あまりたいしたものは食べさせられないけれど、おつたちゃん、好き嫌いがないから」

「じゃあ、お願いします」

おきみが頭を下げる。

「おきみさん、大丈夫」

およしが不安そうに文之介たちを見てから、おきみにいった。

およしを見返して、おきみが微笑する。

「ええ、大丈夫よ」

おきみが文之介たちに近づいてきた。まいりましょう、とあらためていった。

死骸はすでに棺桶《かんおけ》に入れられていた。夏のことで、もうにおいはじめているようだ。

自身番でもようやく身許が判明し、引き取られることにほっとした色を隠せない。

棺桶の蓋《ふた》が町役人の手で静かにあけられた。赤子のように丸まっている死骸が見えた。

ゆっくりと足を踏みだし、おきみがのぞきこむ。ああ、と悲鳴のような声をあげて棺桶にすがりつく。号泣がきこえてきた。

四半刻ばかりおきみは泣き続けた。

その間、文之介たちはじっとしていた。この女が殺《や》ったとは考えられないか、ということまで頭のなかをめぐった。

女一人で大人の男を、大木の枝につるすことは無理だろう。

しかし、力を貸してくれる者がいれば話は別だ。

その前に、銀七郎は本当に首をつったのか。首を絞めて殺され、まるで欅の大木を選んで自死したように見せかけられたということはないのか。

これならば、力を貸してくれる者がいなくともやれるだろう。たとえば銀七郎を泥酔させて、帯で首を絞めて殺し、あとは石や折れた枝などを用意するだけでよい。

ただし、銀七郎の死骸から酒のにおいは一切しなかった。

泣き疲れたのか、ようやくおきみが顔をあげた。泣き腫《は》らした目をしている。

この涙に嘘はないのではないか。そんな気はするが、女は芝居がとてつもなく上手だ。

まだ気を許すことはできない。

「また話をきかせてもらいてえんだが、いいか」

はい、とおきみがうなずく。

「なんでもおききになってください」

目に怒りの色がたたえられている。文之介から目をはずし、おきみがうなだれた。つぶやくようにいう。

「信じられない。私たちを置いて、勝手に自死してしまうなんて」

「まだ自死と決まったわけじゃねえんだ」

文之介がいうと、おきみが目を見ひらいて顔をあげた。

「どういうことです」

「俺は、おめえさんがいうように、やはり人形のことが気にかかる。かわいい娘のために注文までしたのに、自死を選ぶとは考えにくい。むろん、人形より重い事情があるのなら、自死しても不思議はねえんだが」

「はい」

「俺は一度、殺しの筋で調べてみようと思っている。それでなにも出なかったら、自死ということにするしかねえ」

おきみが無言でうなずく。

「さっそくききてえんだが、銀七郎は酒を飲めたのか」

いえ、とおきみがかぶりを振る。

「一滴も飲めませんでした。もともと体が酒に合っていない様子でした」

そういう者は、酒好きがそろっている江戸者にも少なくない。お猪口を一杯、口にしただけで真っ赤になり、いびきをかいて眠ってしまう者もいる。

「板前をしているといったが、どこで働いていたんだ」

「今川町《いまがわちょう》の花須賀《かすが》です」

声にどこか誇らしげなものが感じられた。

「花須賀かい。江戸でも屈指の名店じゃねえか。あそこで板前をしていたのか。そいつはすげえ。腕が立ったんだな」

しかし、石島町からはかなり離れている。三十町近くはあるのではないか。

「ここから毎日、花須賀に通っていたのか」

「はい。でも夜だけでしたから毎晩でした。忙しいときには泊まりこむこともしばしばありました」

「しかし、二晩続けてというのは滅多になかったんだな」

はい、とおきみが答えた。

「心配してねえといったが、そうでなければ、おまえさんが目を赤くしているわけがねえ。昨夜はほとんど寝ていねえんじゃねえのか」

「はい、さようにございます」

おきみが正直に認めた。

「おとといのことだが、銀七郎はいつものように花須賀に出かけたのか」

「はい。七つ前に出てゆきました」

「そのとき、雰囲気がいつもとちがっていなかったか」

下を向き、おきみが考えこむ。

「ちょっと沈んでいたようにも見えましたけれど、あのくらいはふだん、よくあったように思います」

そうか、と文之介はいった。

「ちとききにくいことをきくぞ。銀七郎には、おまえさん以外に女はいなかったか」

おきみがびっくりしたように目をみはる。小声で答えた。

「いなかったと思います」

文之介は少し間を置いた。

「誰かに脅されていたようなことは」

「いえ、よくはわかりませんが、そういうことはなかったと思います」

「借金は」

「いえ、それもなかったものと。借金をしているような暗さは、あの人にありませんでしたし、稼ぎはすべて私に渡してくれました。毎月、同じ額でした」

わかった、と文之介はおきみにいった。

「とにかく花須賀に行って話をきいてくることにしよう」

文之介は勇七をうながし、北森下町の自身番を出た。おきみに礼を述べた。

小走りにおきみが追ってきた。

「あの、亡骸は引き取ってもよろしいのですか」

ああ、と声をだし、文之介は向き直った。

「すまねえ、いい忘れていた。もちろんかまわねえよ。引き取るのに自身番の者に手伝ってもらえるよう頼んでおこう」

「ありがとうございます」

文之介は自身番の者たちに、石島町のおきみの家まで運んでくれるように依頼した。自身番の者たちは、すぐに荷車で運ぶことを約束してくれた。

これで一安心だ。文之介と勇七はおきみの見送りを受けて、道を歩きはじめた。

花須賀のある今川町まで、強い陽射しを浴びて足を急がせた。

二十町ばかりを歩き、花須賀の前に着いたときには、汗だくになっていた。

店はまだやっていない。今は八つすぎだろう。店がひらくまであと一刻半以上はあるにちがいない。そこまで待つつもりは文之介にはなかった。

黒い塀に両側をはさまれて、戸口がある。暖簾はかかっていない。

文之介は、がっしりと厚みのある戸を横に滑らせようとした。だが、錠がおりていた。

代わって勇七が声を張りあげて、訪《おとな》いを入れた。

すぐに男の野太い声で応えがあった。裏口にまわるようにいっている。

町方だ、とっととあけろ、というのはたやすい。だが、そういうのは文之介の性に合わない。それは勇七も同じだろう。

黒塀に沿うようにまわりこんで、文之介と勇七は裏口の前に立った。すでに戸はあいており、男が待っていた。文之介たちを見て、目をみはった。

「すみません、八丁堀の旦那とわかっていたら、裏口にまわるようになど、いわなかったのですが」

「まあ、いいよ。気にしちゃいねえ」

「さようでございますか。ありがとうございます」

男はていねいに辞儀し、文之介たちをなかに招き入れた。そういう所作にも上品さとやわらかみがあって、なるほど、ここは江戸で屈指の料亭なのだな、と思う。

しかも、花須賀の敷地は涼風が吹き渡っており、汗が心地よく引いてゆく。まるで大仕掛けの手妻《てづま》を見せられているような鮮やかさだ。

さすがに伝統のある料亭はちがう。文之介は実感として思った。

「どうぞ、おあがりになってください」

しっとりと濡れた敷石の向こうに、黒で統一された離れがあった。部屋は六畳間の二間続きだ。障子があけ放たれ、風が入れられている。風鈴が気持ちのよい音を立てていた。

畳も新しいのが遠目でもわかる。気分がすっきりするにおいが立ちのぼっていること
だろう。

「いや、ここでいい」

文之介は下のほうが苔《こけ》むした灯籠《とうろう》の前で足をとめた。

「別に遊びに来たわけじゃねえんだ。おめえさん、番頭さんかい」

「はい、さようにございます。倉太郎《くらたろう》と申します。どうぞ、お見知り置きを」

文之介はその名を胸に刻みこんだ。また会ったとき、すぐに名が出てくるか、心許ないものがあったが、なにもしないよりはましだろう。なにごとも鍛錬《たんれん》である。

「倉太郎、銀七郎と親しかった者に話をききてえ。呼んでくれるか」

意表を突かれたように倉太郎がきょとんとした。

「八丁堀の旦那、今一度、その者の名をお願いします」

文之介は銀七郎という名を繰り返した。

「やはり銀七郎さんとおっしゃいましたか」

ききまちがいでなかったことに倉太郎はほっとしたようだ。

「銀七郎さんという者は、うちにはおりません」

文之介は眉根《まゆね》を寄せた。勇七も厳しい表情をつくっている。

「まちがいねえか」

「はい、まちがいようがございません」

「偽りはいってねえな」

「はい、もちろんにございます」

文之介は、目の前の練達そうな番頭をじっと見た。嘘をついているようには見えない。花須賀という由緒ある料亭の番頭をつとめる者が、嘘をつく必要もないだろう。

念のため、文之介は人相書を見せた。

「この男だが」

倉太郎がじっと見た。申し訳なさそうな顔でかぶりを振る。

「見たことのないお方でございます」

倉太郎が断言した。銀七郎は、この店で働いてはいなかった。文之介としては、そう結論づけるしかなかった。

倉太郎に礼をいい、勇七をうながして花須賀の外に出た。

途端に暑さが舞い戻ってきた。うへえ、と妙な声が喉をついて出た。

文之介はうずくような渇きを覚えた。

「それにしても勇七、どういうことだ。いや、その前に茶店にでも入って、冷てえお茶をもらおうじゃねえか。喉が酒を飲みてえときみてえにうずいてならねえ」

あっしもですよ、と首筋の汗を手ぬぐいでふいた勇七があたりを見まわす。指をすっと伸ばした。

「あそこに幟《のぼり》がひるがえっていますよ。みたらし団子って書いてありますから、茶店でしょう」

目を向けると、一町ばかり先に陽射しに焼かれている幟が眺められた。ただ、団子という文字は文之介には見えない。

「相変わらず勇七の目はすげえな。うらやましいぜ」

暑さなど感じていないような顔で勇七がにこりとする。

「目だけは、自信あるんですよ」

「ちっちゃい頃からそうだったな。そういえば、勇七の目のよさで、助けられた女の子もいたな」

文之介は茶店に向かって歩きだしながら、いった。

そんなこともありましたねえ、と勇七がなつかしげに目を細める。

「あれは、旦那と一緒に佃島《つくだじま》を見に行ったときでしたか、本湊町《ほんみなとちょう》の近辺を歩いているときでしたね」

「ああ、そうだったな。いきなり勇七が、女の子が流されてるって叫んだんだ。俺は勇七の指さすほうを見たけど、その水路には強い風で白い波が立っているばかりで、俺の目には女の子の姿はまったく入ってこなかった。じれったかったぜ」

「しかし、旦那はすぐに大人に知らせに走ってくれたじゃないですか」

「それはそうさ。俺は勇七をその頃から深く信頼していたからな。勇七が冗談でそんなことをいう男じゃねえことも、よくわかっていた」

「旦那が、勇七は女の子から決して目を離すんじゃねえぞっていって、いちはやく大人に知らせてくれたから、あの子は助かったんですよ」

「本当に女の子から目を離さなかったおめえもすげえ。勇七の目のおかげで、舟に乗った大人たちに的確に指示ができたからな」

そうでしたねえ、と勇七がしみじみといった。

「確かおやすちゃんといいましたけど、今頃、どうしているんですかねえ」

「きっと誰かの嫁になって、子供を何人かもう産んでいるんじゃねえか。人を助けるってすげえことだよなあ。こうして命の輪をつなげられるんだから」

「ほんと、よかったですよ。これからも旦那、あっしたちは難儀している人たちを助けていきましょうね」

「うん、そういう生き方が一番いいだろうな。ああ、いい人生だったたって、笑って死ねそうだ」

文之介たちは茶店のそばまでやってきた。見あげると、確かに幟には、団子、と記されている。だが、そんなにびっくりするような大きな字ではない。やはり勇七の目のよさには驚かされる。

すだれがおろされた縁台の下に入りこむ。陽射しがさえぎられ、さすがにほっとする。焼かれるのに飽いた体が喜んでいるのが知れた。

看板娘とおぼしき女に、文之介は冷たい茶があるか、きいた。ありますとの答えだったので、それをまず頼んだ。団子にも自信があります、といいきったから、三人前、注文した。

「三人前でよろしいのですか」

少し驚いたような表情で、看板娘が確かめてきた。

「一人前ずつ食べて、残りの一人前を二人で分けるんだ」

そういうことですか、と納得したらしい娘がえくぼを見せて笑った。

茶と団子はすぐにもたらされた。

大ぶりの湯飲みにたっぷり入れられた茶は濃くいれてあり、口のなかのねばねばがすっと洗い流された。

団子はほんのりと甘く、茶の苦みとよく合うようにつくられているのが、文之介には即座にわかった。

団子を仲よく分け合って平らげ、文之介たちは湯飲みを空にした。茶のおかわりを頼んでから、文之介は勇七に、どういうことだと思う、ときいた。

「ああ、銀七郎さんが花須賀にいなかったことですね」

そういうこった、と文之介はいった。

「板前というのは、偽りだったと考えていいんですかね。それとも、奉公先が花須賀ではなかったということなんですかね」

文之介は空の湯飲みをのぞきこんだ。

「両方とも正しいんだろうが、もともと板前じゃなかった。そのほうが考えやすいな」

勇七が飼い主に忠実な犬のような顔をして、文之介の次の言葉を待っている。

「銀七郎という男は、今のところそれがなにかわからねえが、夜が舞台の仕事をしていたんだろう。その点、料亭の板前というのは、なかなかうめえ名目だ。夕刻に出かけても、女房はまったく怪しまねえ。毎月、ちゃんとまとまった額を渡せば、一流の板前であると信じてくれる」

看板娘が、お待たせしました、といって茶のおかわりを持ってきた。縁台の上にていねいに置いてゆく。ありがとよ、と文之介がいうと、どういたしまして、と辞儀をして去っていった。

「それに、住まいから遠い今川町に奉公先があることにしておけば、女房も娘も滅多に来られねえ」

さいですねえ、と勇七が小さなうなずきを見せる。

「きっとおきみさんには、職場には決して来るな、とでもいってあったんでしょうね」

「その通りだろう。神聖な場だから女子供が来るような場所じゃないとでも、いっていたはずだ」

そういえば、と冷たい茶で唇を湿した勇七が思いだしたようにいう。

「こそ泥を生業《なりわい》にしている男がつかまったとき、まさか亭主がそんなことをしていたとは女房はまったく気づかなかった。そんな一件がありましたねえ」

「ああ、あったな。銀七郎って男もこそ泥だったのかな」

文之介は人相書を取りだし、じっと目を落とした。

「ちがうな。どうもこの男は、そんなけちな仕事をしていたんじゃねえような気がする。なにか別のことだ」

文之介は冷たい茶を喉に流しこんだ。ごくりと喉仏が上下する。

「しかし夜を舞台にして、しかも女房にもいえねえ仕事なのに、けちじゃねえ仕事なんか、この世にあるのか」

二

昨日の昼餉《ひるげ》は最悪だった。

丈右衛門としては別の店で口直しといきたいところだったが、お知佳が今日の昼餉はうちでいただきましょう、というので、素直にしたがった。

お知佳は台所に籠もって、しばらくなにかをしていた。

やがて出てきたのは、丼《どんぶり》に入ったうどんだった。うどんは井戸の水で引き締めてある。すでにつゆはかけられており、すった生姜《しょうが》がちょこんと添えられていた。

「おっ、ぶっかけか」

はい、とうれしそうにお知佳がうなずく。丈右衛門の背中にいるお勢も、目を輝かしている。うどんが大好きなのだ。

「といってもぶっかけというのは、もともと蕎麦切りのことを指すそうだ」

「えっ、そうなのですか」

お知佳は意外そうだ。

「うん、ぶっかけ蕎麦のことだときいたことがある。しかも、それは熱い蕎麦切りのことをいうらしい」

へえ、とお知佳がいった。

「じゃあ、かけ蕎麦のことですか。もしかしたら、ぶっかけ蕎麦を略したものがかけ蕎麦なのですか」

かもしれぬ、と丈右衛門は顎を上下させた。

「式亭三馬《しきていさんば》という人が書いた滑稽本《こっけいぼん》の『浮世風呂《うきよぶろ》』に、『寒《さぶ》いからぶっかけを食ひてえの』と記されている」

「それでしたら、熱いのでまちがいないのですね」

うむ、と丈右衛門はうなずき、お勢を背中からおろした。お勢が丈右衛門の横に正座する。えらいな、と頭をなでると、にこにこと見あげてきた。抱き締めて食べてしまいたいほどかわいい。

手を伸ばし、丈右衛門は箸を取った。

「では、いただこうか」

はい、と答えてお知佳も箸を手にした。

丼を持ち、丈右衛門はうどんをすすりあげた。

だしは鰹節《かつおぶし》がよくきいており、醬油の味は控えめにしてある。生姜を絡めてうどんを食べると、この上ない美味に感じられた。なによりうどん自体に甘みがあった。喉越しもなめらかで、いうことはない。

丼のなかのうどんを見つめて、丈右衛門は嘆声を漏らした。

「こいつはすごい」

「お知佳はうどん屋がやれるな」

その言葉を受けてお知佳がにこりとする。

「文之介さんが贔屓《ひいき》にしている名もないうどん屋さんには、でもかないませんね」

そんなことはない、と丈右衛門は強い口調でいった。

「決して負けておらぬ」

いかにも楽しそうにお知佳がくすりと笑う。

「向こうは、うどんをもっぱらに扱っている人です。あなたさまがそういうふうにいってくださるのはうれしいですけど、全然及びませんよ」

そうかな、と丈右衛門は首をひねった。

「これは相当、出来のよいうどんだと思うがな」

「味見をしてみて、私も出来はよいと思いました。素人の打ったうどんとしては、なかなかのものでしょう。自分でいっていれば、世話はないですけど。でもやっぱりあの店にはかないません」

お勢が、あたしにも、とせがむ。

「おう、すまなんだな」

丈右衛門はお勢の口に、うどんを持っていってやった。

おいちい、とお勢が顔をほころばせる。もっと、といった。

よしよし、と丈右衛門は笑みを浮かべてさらに口にうどんを入れてやる。

「うどんは喉越しのよさもうまさのうちだが、お勢、おまえはまだよく嚙みなさい。そのほうが体のためだ」

はーい、とお勢が素直にうなずく。

いい子だ、と丈右衛門はまた頭をなでてやる。

お知佳はかなりの量のうどんを打って、ゆでていたが、丈右衛門は若者のようにずずると食べ続け、あっという間に平らげてしまった。

これには、お知佳も目を丸くした。

「あなたさまは本当にお若い。たいしたものです」

「お知佳のつくるうどんがうますぎるんだ。さすがに食べすぎた」

丈右衛門は、ふくらんだ腹をなでさすり、ふう、と息をついた。

「なにかそういう仕草は、どこにでもいるおじさんのようです」

「わしはどこにでもいるおじさんだぞ」

丈右衛門が口をとがらせると、お知佳が苦笑した。

「私はどこにでもいるおじさんと、一緒になった覚えはないんですけど」

冷たい茶をもらい、丈右衛門はしばらくお勢を相手にのんびりしていた。ここ最近、仕事の依頼はまったくない。

見こみ通りにはなかなかいかぬな。しかし、焦らず気長にやるさ。そのうちよい依頼もやってこよう。

丈右衛門がそんなことを考えていると、戸口のほうで、ごめんください、と訪う声がした。やや甲高《かんだか》い声だ。

「誰か見えましたね」

お知佳が期待のこもった声でいう。

「お客かもしれません」

そうかもしれぬな、と丈右衛門はいった。

「しかしお知佳、金にはならぬであろう」

どうして丈右衛門がそんなことをいうのか、理由をききたげだったが、お知佳は戸口のほうに立っていった。

「客ならば、座敷に通してくれ」

丈右衛門はお知佳の背中にいい、お勢を再びおぶった。立ちあがり、座敷に向かう。

すでに、やってきたのが客であるという確信はあった。

座敷で正座して待っていると、お知佳が一人の男の子を連れてきた。そういうことでしたか、と納得の顔をしている。

そういうことさ、と丈右衛門は目顔で語りかけた。

それから男の子に座るようにいった。男の子はきちんと正座した。

「膝を崩していいよ」

「おとっつぁんに、目上の人の前に出るときは必ず正座するようにいわれているから」

丈右衛門は目の前の男の子を見つめた。

「見覚えがあると思ったら、昨日行った竹見屋の子だな」

ああ、そうだった、という表情を敷居際に膝をついているお知佳がつくった。

「いまお茶をお持ちしますね」

腰高障子を閉じようとして、風が入るからこのほうがよろしいですね、といって台所へ向かった。

「おじさん、困っている人を助けてくれるそうだけど、本当なの」

「うむ、そういうことを生業にしようとがんばっている」

よかった、と男の子が胸をなでおろす。

「仕事を頼もうというのだな」

丈右衛門は男の子に優しくたずねた。

「はい、そうです。お願いがあって、来ました」

男の子はていねいな言葉をつかい、気張っていった。背筋を伸ばし、肩を張っているのがほほえましい。

自分を一所懸命に励ましているのがわかる。

「お願いか。その前におまえさんの名をきいておこうか。わしは御牧丈右衛門という」

「あれ、お侍なの」

そうだ、と丈右衛門はいった。

「なにを隠そう、以前は八丁堀で暮らしていた」

ええっ、男の子がびっくりして、引っ繰り返りそうになった。

「じゃあ、御番所のお役人なの」

「元はな。今は隠居して、せがれに跡を譲っている」

「どうしてこの町にいるの」

「この町と家が気に入ったからだ。わしのことより、おまえさんのことだ。もう一度きくが、名は」

太造《たいぞう》とのことだ。

「その名は、おとっつぁんがつけてくれたのか」

「うん、そうきいているよ」

「おっかさんはどうしている」

「おいらが小さいときに死んじまった」

丈右衛門は耳元をかりかりとかいた。

「それはすまぬことを申した」

「ううん、いいよ。おっかさんのこと、おいら、なに一つ覚えていないから」

そうか、と丈右衛門はいった。この子は母親の愛情を知らずに成長してきたのだ。その割にいい子に育っている。

「それで、わしになにを頼みたいのかな」

「困りごと、弱りごとを引き受けてくれるんだよね」

「そうだ。悩みごとなら、なんでも引き受ける」

お知佳が茶を持ってきた。干菓子《ひがし》が添えられていた。

「どうぞ。遠慮なく召しあがってね」

ありがとうございます、と太造がていねいに辞儀をした。お知佳がごゆっくりといって去った。

丈右衛門は腹一杯だったが、干菓子を食べてみせた。そうしないと、太造は口をつけないだろう。

「うむ、うまい」

口に含むと、ほろほろという感じで甘みが溶けてゆく。上品なうまさだ。

「おまえさんも食べろ」

「はい、いただきます」

「口に入れたら、噛んじゃいけないよ。溶けてゆくのを楽しむんだ」

丈右衛門は額をぽしんと叩いた。

「いけないいな。菓子の楽しみ方は、人それぞれだから、余計な口だしだったな」

そんなことはないよ、と太造がいった。

「おいら、こんな菓子、見るのも初めてだから、食べ方、知らないし」

「おっ、そうか。初めてか。それならなおさらだ。食べろ、食べろ」

太造がゆっくりと口に含む。大きくひらいた目を丸くする。

「ほんとだ、溶けてなくなっちゃった」

「そうだろう。お茶も飲め。干菓子はお茶と合うんだ」

太造が湯飲みを手に取る。静かに喫しはじめた。

「ああ、この世にこんなにおいしい物があるなんて、びっくりだ」

真剣な顔を丈右衛門に向けてきた。

「これはなんというの」

「落雁《らくがん》というんだ」

「落雁って、江戸のお菓子なの」

「江戸の菓子みたいな面をしているが、もともとは上方のほうでできたものらしい。近江《おうみ》かどこかじゃなかったかな」

「へえ、上方か。おじさん、行ったこと、あるの」

「いや、ない。わしもすでに隠居の身だからな、上方見物に行きたいとは思っているんだが。お伊勢《いせ》参りにも行きたいし」

「おいらも行きたい。おっかさんの故郷が上方らしいんだ」

「そうなのか。どこだ」

「それはきいていないんだよ。おとっつぁん、いいたがらないし」

そうか、と丈右衛門はうなずいた。なにか事情があるのは、確かだろう。

「よし、では本題に入るか。頼みというのは、どのようなことかな」

心を落ち着けるためか、太造がごくりと息をのむ。

「おいしい蕎麦切りのつくり方を教えてほしいんだ」

これにはさすがの丈右衛門も面食らった。

「どうしてそのようなことを頼みたいんだ」

太造が軽く唇を嚙む。決意を胸に秘めた顔つきだ。

「おいらがおいしい蕎麦切りをつくって、店を繁盛させるんだ」

そういうことか、と丈右衛門は合点がいった。気持ちはわからないでもない。まずい店ということで、手習所でも馬鹿にされているのかもしれない。どうしておとっつぁんはまずい蕎麦しか打てないのか、とじれったくてならない気持ちもあるのだろう。おいしいお蕎麦をつくってよ、と頼みこんでも、おとっつぁんにはまったく通じないのかもしれない。

「駄目かな」

太造が気弱げにきいてきた。

「いや、大丈夫だ。わしにまかせればよい。とてつもなくうまい蕎麦切りのつくり方を伝授しよう」

「ほんと」

太造は喜色を隠せない。腰を浮かせていた。

「いつから。今日」

勢いこんできかれたが、丈右衛門は静かにかぶりを振った。

「今日はちと都合が悪い。三日後ということにしよう」

「わかったよ。三日後にここに来れば、おいしい蕎麦切りのつくり方を教えてもらえるんだね」

そういうことだ、と丈右衛門は力強く答えた。

第三章　蕎麦打ち丈右衛門

一

廊下を駆けるような足音がした。
いや、駆けてはいない。急いでいるだけだろう。
ついこのあいだ、同じようなことがあったのを、文之介は思いだした。
そのときはお春が、門のところにかぼちゃが置いてあったと伝えに来たのだ。
またかぼちゃが置かれていたのか。
お春が煮つけにしてくれたが、あのかぼちゃはうまかった。
厚い果肉は黄色が濃くて甘く、やわらかだった。
文之介はがつがつと食べて、あっという間に煮つけが目の前から姿を消してしまった。
そのさまにお春は喜んだものの、内心はあきれもあったかもしれない。

自分はうまいものがあると、脇目《わきめ》もふらずにむさぼり食べてしまう。これは直さなければならない。もっと上品な食べ方を覚えないと、こんな人はいや、とばかりにお春に愛想を尽かされてしまうかもしれなかった。

足音が近づき、部屋の前でとまった。文之介は目をあけた。

部屋はもうだいぶ明るい。鳥たちが庭で鳴きかわしている。

近くで雨戸をあける音が響いてきた。朝の早い隠居が散歩しているのか、明るく挨拶する声も届いた。

味噌汁らしい香りも漂っている。これはうちのではない。だしの取り方がお春とちがう。隣家のものだろう。

あなた、とお春が腰高障子越しに呼びかけてきた。声は、ただならなさをはらんでいる。

「どうした」

文之介は寝床の上に起きあがった。腰高障子が横に滑り、敷居際に正座しているお春の姿があらわれた。

「西瓜です」

西瓜がどうした、とは文之介はきかなかった。

「今度は西瓜が置いてあったのか」

「はい。それもとても立派なものが」

一刻も早く目にしたくなり、文之介はすっくと立ちあがった。

「見せてくれ」

お春が先導するように廊下を歩きだす。

式台《しきだい》に黒い皮の大きな丸い玉が置いてある。

「こいつはでかいな」

文之介は目をみはった。驚きを隠せない。差し渡し一尺ばかりもある。

「本当に立派な西瓜じゃねえか」

「ね、すごいでしょ」

うん、とうなずきを返して文之介は西瓜を持ちあげてみた。

ずしりと重い。二貫は優にあるのではないか。

床に置いて、叩いてみた。こんこん、といい音が返ってきた。これはかぼちゃと同様、中身がよく詰まっている証だ。

「こいつはうまいぞ」

切る前から真っ赤な果肉が見えるような気がした。

「私もそう思うわ」

お春の目は輝いている。

「今度はいくつあった」

「籠に三つ」

「かぼちゃのときと同じ籠に入っていたのか」

そうよ、とお春が答えた。

「この大きさなら、あの籠では、三つが限度だろうな。残りの二つはどこにあるんだ」

「まだ籠のなかよ。門のところ」

文之介は下駄を履いて、外に出た。確かに籠のなかに二つの西瓜があった。

籠を持ちあげて、なかに運びこむ。お春が式台に置いた一つも籠に入れて、台所に持ってきた。

文之介は、三つの西瓜を土間の上に静かに置いた。

「この籠も返さなきゃいけないわね」

空の籠を見て、お春がいった。

「そうだな。この調子でいくと、籠だらけになっちまう」

「早く届け主を捜しださなきゃ」

「見つかりそうか」

首をひねり、お春がむずかしい顔をする。

「私もおとっつぁんも素人だから」

「俺も手伝いてえが、今は無理だ。とにかくお春、なんでもそうだが、地道にやるしかねえ」

うん、とお春がうなずく。

「それは私もわかっているんだけど、なかなか進まないのよね」

「だが、一所懸命に動いているうちに、必ず突き破る瞬間というのが訪れるものなんだ。俺はいつもそのことだけを考えて、探索にいそしんでいる」

お春が笑顔になった。輝くような笑みで、まぶしさに文之介の胸は一杯になった。抱き寄せたくなったが、今日はこれから出仕だ、我慢した。

「あなたのほうが、私なんかよりずっとたいへんなのよね。頭を悩ませる事件も多いし。私が弱音を吐いてなんかいられないわ。かぼちゃと西瓜の届け主を見つけるだけのことだもの。命を取られるわけじゃなし。一所懸命に捜してみるけど、もっと肩の力を抜くことにするわ」

それがいいな、と文之介は笑みを浮かべていった。

「きっといい結果が得られる」

「あなたにそういってもらえると、ほんとにそういうふうになりそうだわ」

なるさ、と文之介は力をこめていった。

「お春、これ、食べてみねえか」

「えっ、今」

さすがにお春が目をみはる。

「味見をしてえんだ」

「駄目よ」

「どうして」

「あなたが帰ってからよ」

「今だっていいじゃねえか」

「この西瓜や、もう全部食べてしまったかぼちゃをつくった人が誰なのか、いまだにわからないけれど、これらが一所懸命、つくったものであるのはまちがいないでしょ。あなたも今日の仕事を一所懸命にがんばって帰ってきて、そのご褒美に井戸でよく冷やしたこの西瓜を食べたら、体中がしびれるほどおいしいに決まっているの。わかった」

「うん、わかった」

「もっと元気よくいいなさいよ」

息を吸いこんだ文之介は大声で、わかった、といった。

耳の穴に指を突っこみ、お春が身を縮めている。

「どうした」

お春が顔をしかめて文之介を見た。

「あなたは、加減というものができないの。今の声、組屋敷中に響き渡ったわよ。御牧家から妙な声がきこえてきたって、今日は御番所内で噂《うわさ》になるわね」

「そんな大袈裟《おおげさ》な」

文之介の両肩に手を置いてお春が微笑した。

「でも、私はそんなあなたが大好きよ」

「俺もお春が大好きだ」

文之介はお春の唇を吸った。甘い果実のような味がした。

このまま押し倒したい気持ちに駆られたが、そんなことをしたら、出仕に間に合わなくなる。

文之介は全身に力を入れて、お春から手を放した。

お春の顔は上気している。瞳もきらきらしていた。

「この続きは今夜だな」

馬鹿、とお春が小さくつぶやく。

「お春、今日も出かけるのか」

文之介の問いに、お春がこくりとうなずいた。

「またお義父さんと一緒だな。どこへ行くんだ。昨日も砂村に行ったけど、空振りだったんだよな」

「ええ、そうよ」

残念そうにお春がいう。

「西瓜といえば、これも砂村のものが有名なんだよな」

そうなのよね、とお春が形のよい顎を引いた。

「まさか砂村のものを買って、届けてくれているわけじゃないでしょうね」

「さて、どうかな。だがそれだと、ありがたみはあまりねえな」

「そうよね。籠に入れて持ってきてくれているのは、自分のところでとれたからでしょう。どうしようかしら」

鬢《びん》をぽりぽりとかいて文之介は少し考えた。

「砂村から離れてみたらどうかな。かぼちゃにしたって、考えてみれば、新宿《しんじゅく》のほうでつくられている内藤《ないとう》かぼちゃもある。あれは、信州《しんしゅう》高遠《たかとお》の内藤家の下屋敷でつくられているから、その名があるんだったな」

軽く息を入れ、文之介は間を置いた。

「大崎《おおさき》村のほうでも、うまいかぼちゃがとれるときいたことがある。あれは確か、居留《いる》木橋《ぎばし》かぼちゃって呼ばれているんだ。かの有名な沢庵《たくあん》和尚《おしょう》が上方から種を持ちこんで、名主《なぬし》が栽培をはじめたらしい。けっこう知れ渡っているらしいが、俺たちはまだ食べたことがねえな」

「居留木橋かぼちゃなら、私も知っているわ。地名は大崎村の居木橋《いるきばし》だけど、かぼちゃの名は『留』の字が付け足されて、居留木橋かぼちゃになっているのよね。多分、そのほうが読みやすいからね。覚えてもらうために努力してるのよ」

お春の熱心さがうれしくて、文之介はにこにこした。

「お春、詳しいな」

「かぼちゃのこと、これでもけっこう調べたのよ」

「そうか。料理も覚えることができたし、よかったじゃないか」

「ええ、本当によかったわ。なんといっても、あなたが喜んでくれるもの。あとは、本当にかぼちゃと西瓜の届け主を突きとめるだけね」

お春の顔には、今日こそきっと捜しだしてみせる、という決意の色が濃くあらわれていた。

その後、文之介はお春のつくった朝餉を胃の腑におさめて町奉行所に向かった。

詰所《つめしょ》に入り、今日すべきことをあらためて確かめた。

銀七郎の自死の一件だ。

銀七郎が本当に自死なのかどうか、確かめなければならない。

銀七郎は夜、仕事をしていた。しかも金になる仕事だ。

なにが考えられるか。

昨日も勇七と一緒に考えてみた。

やはり、やくざな仕事以外、考えられない。

やくざな仕事というより、本物のやくざ者だったということは考えられないか。

やくざ者は所帯を持たない。だが、銀七郎は持っていた。

そのあたりが、ほかのやくざ者と毛色が異なる。

おきみという女と、子までなしていたことから、やくざ者ではないのかもしれない。

しかも一家の家に起居するのではなく、表店に住まいを借りていた。

それはどうしてなんだろう、と文之介は頭を必死に働かせた。

一つだけ、そうかもしれないという答えを得た。

もう大門《だいもん》のところに勇七が来たかもしれない。

よし、行くか。

文之介は考えがあまりよくまとまらないまま、詰所を出た。いや、そんなことはない。

いま得た答えがきっと正答だ。

大門を少し出たところに、陽射しを浴びて勇七が立っていた。文之介を認め、挨拶し

てくる。

にこりと笑って文之介も明るく返した。

「勇七、そんな暑いところにいずに、日陰に入ったらいいじゃねえか」

「さいですねえ。あっしはどうもお日さまが好きで、ずっと光に当たっていたいって思っちまうんですよ」

勇七が近づいてきて、大門の下にそっと入りこむ。

「勇七、今度は西瓜がきたぞ」

「えっ、かぼちゃに続いてですかい」

「ああ、これがまた立派な代物なんだ。奉行所への戻り際、うちに寄っていって持って帰ればいい」

「えっ、いいんですかい」

「ああ、お裾分けだ」

「ありがとうございます。あっしは西瓜が大の好物なんですよ」

「よく知ってるよ。いつからのつき合いだと思っているんだ」

「さいでしたね」

背筋を伸ばして勇七が真顔になる。

「旦那、今日の仕事は昨日の続きですね」

そうだ、と文之介は答えた。

「銀七郎の自死の一件だ」

旦那、と勇七が呼びかけてきた。

「あっしが昨晩、寝床で考えたことがあるんですけど、きいてくれますかい」

もちろんだ、と文之介はいった。

「これまで俺が勇七の意見をきかなかったなんてことは、ないだろう」

「そうですね。人の意見をよくきく。それが旦那のいいところの一つですものね」

「いいところの一つか。それをきくと、なにかほかにもいいところがあるようにきこえるが、ちがうか」

「ちがわないですよ。旦那は人に親切だし、やさしいし、きき上手だし、約束は守るし、いいところはたくさんありますよ」

「ずいぶんほめるじゃねえか」

文之介は、勇七の肩をばしばしと平手で叩いた。

「そこまでほめられると、まったく照れちまうぜ」

「照れることなんか、ありませんよ。全部、本当のことなんですから」

「そうか、全部、本当のことか。勇七、おめえは本当にいいやつだなあ」

「これで、今日もちゃんとやる気をだしてくれるかな。もっとも、最近の旦那はこんなことといわずとも、しっかりと仕事に励んでくれるからな」

「勇七、おめえ、なにぶつぶついってやがんだ」

「いえ、なんでもありませんよ」

「しかし勇七、おめえが中間をしてくれているなんて、俺は本当に運に恵まれている男だぜ」

そのとき、そばを通りかかった同心がいた。

「ほんとによ、おめえは運だけはうんといいからな。文之介、いっとくが、今のはしゃれじゃねえからな」

先輩同心の鹿戸吾市だ。

「しかし文之介、運だけで乗り切れるほど、この商売、楽じゃねえぜ。肝心なのは、ここだ」

吾市が自分の腕を拳で強く叩いた。

「そうですね」

文之介は言葉短く答えた。

「おめえ、俺に腕がねえなんて思ってるんじゃねえだろうな」

「とんでもない。鹿戸さんは番所きっての腕利きじゃないですか」

世辞でなく文之介がいうと、吾市がにかっとした。

「おめえ、ずいぶんとほめ上手になったじゃねえか。見直したぜ」

文之介の胸をどん、と調子よく叩いた。すぐに吾市は苦い薬を飲み下したような顔になった。

「いや、おめえにいわれたくらいで喜んじゃいられねえ。俺はもっとがんばんなきゃいけねえ。そうしなきゃ、嫁の来手もねえ」

ふと気づいたように吾市がきょろきょろする。

「砂吉《すなきち》の野郎、遅《おせ》えな。いってえなにをしてやがんだ」

砂吉は吾市の中間である。頭のめぐりがよいとは決していえないが、吾市に忠実に仕えている。吾市が白いものを黒いといっても、ええ、あれは黒ですね、と平然といえるくらいなついている。

「寝坊ですかね」

首をかしげて文之介は吾市にいった。吾市が口をへの字に曲げてうなずく。

「かもしれねえ。あの馬鹿、昨日、幼い頃からのつき合いのある友垣と飲みに行くとかいってたから」

吾市はしかし動こうとしない。

「砂吉を呼びに行かないんですか」

ふん、と吾市が盛大に鼻を鳴らした。

「なんで俺があの馬鹿を迎えに行かなきゃいけねえんだ。今頃、大あわてで着替えをしている頃だ。じきやってくるさ」

その言葉通り、砂吉が奉行所の建物のあるほうから走ってくるのが見えた。足を大急ぎで動かしている。

砂吉は奉行所内の中間長屋に二親とともに住まっている。以前は勇七もそうだった。今は妻の弥生と一緒に手習所で暮らしている。弥生が手習師匠なのだ。

中間長屋から大門までたいした距離があるわけではないが、相当急いだようで、砂吉はもう真っ赤な顔をしている。その顔は切り割った西瓜を思わせた。

砂吉が、文之介たちのところに駆けこんできた。はあはあと荒い息を吐き、遅れてしまってすいませんといった。

「まったく本当に遅えんだ、この馬鹿」

吾市が容赦なく怒鳴りつける。

「す、すみません」

恐れをなして砂吉が首を縮める。

「文之介の前で、こんなだらしねえ姿を見せやがって。まったく情けねえやつだ。飲みすぎたのか」

「は、はい」

砂吉の目は顔以上に赤くなっている。

「飲みすぎるなって、昨日、あれほどいったじゃねえか。守らなかったのか」

えっ、と砂吉が声を漏らす。

「旦那、そんなこといいましたっけ」

「いっただろうが」

「いえ、あっしはきいてませんよ。旦那は久しぶりに会う友垣だから、たっぷりと楽しんでこいっていったんです」

「この馬鹿たれが」

吾市が砂吉の頭に、容赦なくげんこつをくれる。ごつん、と鈍い音がした。砂吉が頭を抱えてうっとうめく。

「次の日も仕事があるっていうのに、そんなこと、俺がいうか」

「は、はい。さいですね」

顔をあげ、砂吉が同意する。

「どうだ砂吉、俺がいったのは、飲みすぎるなってことだろうが。それ以外のことはいってねえ」

「はい、さいでした。すみません、いま思いだしました」

「思いだすのが遅えんだよ」

また吾市が拳を振るおうとしたが、とどまった。

「いや、よしとこう。これ以上、殴ると、もともと馬鹿のおめえがもっと馬鹿になっちまいそうだからな、このくらいでやめといてやらあ」

砂吉はほっとしているが、吾市の気が変わらないか、こわごわ見ている。

「礼は」

「はあ」

「間の抜けた声をだすんじゃねえ。殴るのをやめた俺に、礼の一つもねえのか」

「ああ、すみません。旦那、どうもありがとうございます。助かります」

「俺が優しくて、まったくおめえは運がいいやつだぜ。幸せ者っていうのかな。さあ、砂吉、行くか。今日も暑いが、がんばるぜ。一日がんばったら、おめえの好物のところてんをたんと食わせてやるからな」

「ほんとですかい」

砂吉が目を輝かしたから、文之介はちょっと驚いた。勇七も同じ表情だ。

「嘘はいわねえ。たんといった以上、二杯は食わしてやる」

「ほんとですかい。旦那、ありがとうございます」

心から感謝を覚えているらしく、砂吉が深々と腰を折る。

「よし、行くぜ」

手をさっと振って吾市が歩きだす。いきなり陽射しを浴びて、手庇《てびさし》をつくる。まったく朝からお日さまの馬鹿、がんばるぜ、とぼやいた。

そのうしろを砂吉がついてゆく。歩調は意外なほど軽やかだ。吾市がいきなり振り向いた。目は文之介を見据えている。

「おい、文之介。いつまでもそんなところで油を売ってんじゃねえぞ。とっとと仕事をしろい」

わかりました、と文之介はいった。勇七をうながし、歩きはじめる。

吾市たちとは別の方角である。

吾市と砂吉の姿が徐々に遠ざかってゆく。そのあたりで逃げ水がゆらゆらしている。二人の姿はやがて陽炎《かげろう》に包みこまれ、揺れるようにして見えなくなった。

吾市と砂吉は振り返らなかったが、もしこちらを見たとしたら、同じような光景だったにちがいない。

「しかし、砂吉さんもたいへんですねえ」

首を軽く振って勇七がしみじみという。

「あっしは旦那の中間でよかったって心から思いますよ」

「俺も勇七が中間でよかったと心底、思う。だが、あの二人、意外に合っているんだよな」

「まったくですねえ。ところてんっていわれたら、砂吉さん、びっくりするくらい喜んでいましたからねえ」

「砂吉も気がいいからな」

気がよすぎるくらいだ。

「しかし、鹿戸さまも以前にくらべたら、やさしくなりましたねえ」

「ああ、丸くなった。とてもいいことじゃねえか」

「あっしは旦那の影響だと思いますよ。旦那が鹿戸さんをいい方向に導いているんだと感じてますよ」

強い口調で勇七がいった。

「俺がか。俺は、そんなえらい人間じゃねえぞ」

「これからえらくなるんですよ」

「だが、同心は出世できねえからな」

「そういうふうになっていますけど、今は町人が旗本株や御家人《ごけにん》株を買って、どんどん侍になっている時代ですからね。旦那だって壁を突き破って出世しても、全然おかしくないですよ」

文之介は振り返り、勇七に笑顔を見せた。

「だとしたら、勇七、おめえも出世するかもしれねえってことだな。おめえが同心になる日がくるかもしれねえってことだ」

勇七が困ったような表情になる。

「どうした。どうしてそんな顔をするんだ」

「いや、あっしが同心になったとして、どうやって旦那のように事件を解決してゆくんだろう、と思ったら、身震いが出そうになっちまったんですよ」

「そのときは心配すんな」

立ちどまり、文之介は勇七の肩を軽く叩いた。

「俺が勇七の中間をつとめてやるよ」

文之介は再び歩きだした。

「旦那があっしの中間になってくれるなら、これ以上心強いことはないですけど、なんか申しわけないですねえ。やっぱりあっしは今のままがいいですねえ」

「なんだ、欲のねえ野郎だな」

文之介を見やって勇七がにっと笑う。

「人間、それが一番ですよ。欲がないのが一番強いといいますからね」

勇七が足を速めて、文之介の顔をのぞきこんできた。

「それで旦那、銀七郎さんの自死の一件ですけど、あっしの意見、まだきいてくれますかい」

「ああ、そうだったな」

文之介は話が横道にそれたままだったことを、思いだした。

「話してくれ」

「稼ぎがいいことに加え、女房にもいえない夜の仕事というのは、旦那がいったように、やはり裏街道を歩いていたとしか思えないんですよ」

「うん、同感だ」

「銀七郎さんは、やくざ者絡みの仕事をしていたんじゃないですかね」

「うん、それは俺も考えた」

「やくざ者絡みで夜の仕事というと、賭場《とば》しか考えられないですよ」

「そうだな。それで」

文之介は先をうながした。

「ええ、あっしは銀七郎さんというのは、腕のよい壺振《つぼふ》りだったんじゃないかって考えたんですけど、どうですかい」

「ほう、そいつはすばらしいな」

「ほんとですかい」

「ああ、なにしろ俺の考えと一緒だからな。おそらく飛び切りの壺振りだったんじゃねえかな」

「なんだ、旦那ももう思いついていたんですかい」

「勇七のほうが早いぜ」

「えっ、なんのことですかい」

不思議そうに勇七がきいてきた。

「思いついたのがさ。勇七は夕べ、俺はさっきだ。この勝負、勇七の勝ちってことだ」

「へえ、さいですかい。あっしのほうが旦那より早かったんですかい。そいつはうれしいですねえ」

とろけた餅のように勇七はにこにこしている。

「こんなんで喜ぶなんざ、勇七は犬に顔をなめられても喜ぶんじゃねえのか」

「なんでも喜ぶたちのほうが、幸せじゃないですか。むすっとしているよりずっといいですよ」

「そうだな。そのほうがずっと福が来やすいよな」

胸を張り、勇七が表情を引き締める。

「それで旦那、今日はこれからどうするんですかい。今、どこに向かっているんですかい」

そいつか、と文之介はいった。

「俺は、紺之助のところに行こうと思っているんだ」

八丁堀の屋敷を出た丈右衛門に、こころよく家を貸してくれたやくざ者である。丈右衛門とは古いつき合いで、文之介もやくざ者の内情などをきくときに、世話になっている。

「銀七郎さんはやくざ者絡みの仕事をしていたという筋で、探索を進めるんですね」

「そういうこった」

すかさず同意し、文之介は目を光らせた。

「俺と勇七の一致した意見だ。まずまちがえちゃいねえぜ」

がっしりとした格子戸《こうしど》の前に、数人の若い男がたむろしている。

格子戸のなかにも三人の子分が立ち、あたりに鋭い目を投げかけている。

紺之助のところの若い衆だけに、そんなにひどいなりはしていないが、やはり目つきがよいとはいえないし、すさんだ顔つきは隠しようがない。

これでは近所の者にきらわれるのではないか、と思うが、実のところ、そうでもないようだ。

紺之助は近所のためによくしているし、迷惑をかけるわけでもない。近所の者たちとともに暮らしているという思いを、表にだしている。

そのために町人たちにけっこう受け容《い》れられており、紺之助のことをきらう者はあまり多くはないようだ。

むろん、すべての者が好意を抱いてくれるわけではない。そのあたりのこともよくわきまえていて、紺之助は常にへりくだった態度でいる。

その姿勢は子分たちにも伝わっていて、格子戸のそばにいる者たちも、決して声を荒らげるようなことはない。

「親分はいるかい」

文之介は若い衆に声をかけた。

「これは御牧の旦那、ご苦労さまにございます」

若い衆が深々と腰を折ってくる。

文之介は会釈した。勇七も同様だ。

「申しわけないですが、ここでしばらくお待ち願えますか」

「ああ、かまわねえよ」

文之介は鷹揚《おうよう》にいった。

格子戸のなかにいる最も若い子分がすばやくきびすを返し、母屋《おもや》のほうに小走りに向かった。

庭には木々がほとんどない。紺之助は決して認めようとしないが、これは刺客がひそむのを恐れているからだろう。ゆったりと振る舞っているが、やはり命を狙《ねら》われるのは怖いのだ。

植わっているのは、背の低い花や草ばかりである。

この前、紺之助は命を実際に狙われた。同業のやくざ者の仕業だった。これは用心棒として雇っていた里村半九郎《さとむらはんくろう》の活躍で、退けることができた。里村さんはどうしているだろう。文之介は人なつこい笑顔を思いだした。

先ほどの子分が駆け戻ってきた。

「お待たせいたしました。どうぞ、お入りになってください」

錠が小気味よい音とともにはずされ、からからと格子戸があいた。

文之介と勇七は足を踏み入れた。敷石を踏んで母屋に向かう。

やくざ者のなかには武家にしか許されていない玄関をこっそりと設ける者もいるらしいが、紺之助はそんな思いあがった真似はしていない。

母屋をまわりこむ形で濡縁のあるほうに向かい、沓脱《くつぬ》ぎから上にあがった。座敷に通される。

畳からは、かぐわしいにおいが立ちのぼっていた。しかも、なかはひんやりとして涼しい。どうぞ、召しあがってくだせえ。冷たい水が子分によって供された。

この家の庭には井戸があって、深川には珍しくいい水が湧《わ》いているのだ。

文之介と勇七は遠慮なく湯飲みを口につけた。

「ふう、しみ渡るな」

「まったくで。汗が逃げるように引いてゆきますよ」

「ここの水は汗を引かせるための薬みてえだ」

それをきいて、そばに控えている子分たちがにこにこしている。いずれも紺之助の子分だけあって、すさんだなかにも人のよさそうな表情が垣間見《かいまみ》えていた。

ふと、腰高障子の向こうに人の気配が動いた。

紺之助が来たと思った文之介は、そちらに顔を振り向けた。

腰高障子に映る影はずいぶんと高い。あれ、と思った瞬間、すらりと腰高障子が横に滑った。

顔をのぞかせたのは、さっきどうしているのだろう、と考えたばかりの里村半九郎だった。

「里村さん」

文之介は笑顔になっていた。勇七もうれしそうにしている。

「文之介どの、勇七どの、一別以来だな」

刀を鞘《さや》ごと腰からはずした半九郎が正座し、刀を置いた。

「二人とも元気そうではないか」

「里村さんも」

「元気が取り柄だからな。俺から元気を取り去ったら、なにも残らぬ」

「こちらのほうがあるではないですか」

文之介は自らの腕を叩いた。

「やっとうかい。今のところ、おかげさまであぶれることなく職にはありつけているな」

半九郎の生業は用心棒である。

「しかし、それも俺が元気だからだ。いくら腕が立っても、元気でなかったら、なんの役にも立たん。争闘の最中、下手に咳《せ》きこみでもしてみろ、それで終わりよ」

「確かに」

顎を引いて文之介は半九郎を見つめた。相変わらず端整な顔をしたいい男だ。

「いつから紺之助の用心棒をしているのです」

「いつからもなにもずっとさ」

「住みこみですか」

「そうだ。住みかはちと遠いからな」

半九郎の住まいは、本郷菊坂台町《ほんごうきくざかだいちょう》の長屋である。

「でしたら、ご内儀とお子に会えぬのではありませんか」

「まったくその通りだ。二人に会えぬのは、やはりつらいな」

「こちらのほうに引っ越したら、よいのでは」

「それも考えたが、今の長屋の連中がいい者ぞろいでな、居心地が実によいのだ。それを俺の都合で引き離すのも、夢見が悪い」

半九郎が自分のために持ってこられた水を喫する。

「この仕事も永久というわけではあるまい。いずれ終わりがくる。今はのんびりとそれを待つ気持ちになっている」

そうですか、と文之介は相づちを打った。

「もっとも、親分もときおり気をきかせて、本郷のほうに子分どもと一緒に遊山《ゆさん》に行ってくれるんだ。そのとき俺は妻と子に会える。そういう心遣いは心に響くな。実にうれしいものだ」

いかにも紺之助らしい。

「それに、なにより代がよい。一月もやれば、十両にもなる。これは助かるぞ。貯えができるゆえな」

「それはすごいですね。うらやましいくらいですよ」

「そうか、おぬしは賄賂《まいない》めいたものは受け取らぬたちであったな」

「しかし里村さん、今も紺之助は命を狙われているのですか」

その疑問は、勇七も抱いていたようだ。うしろで深くうなずく気配がしている。

「狙われているような眼差しは感じぬ。ただ、本人は狙われていると申している。親分がそういうのなら、俺としてはそばを離れるわけにはいかぬ」

「この前、襲われたのが、よほど怖かったのではないですか」

「そういうことだろう。薬が効きすぎたというのは適当ないい方ではないが、そんな感じではないのかな」

廊下をやってくる足音がした。あいている腰高障子の敷居際に男が立った。すぐさまひざまずく。

「これは御牧の旦那、いらっしゃいませ」

「おう、邪魔しているよ」

失礼いたしますといって、紺之助が座敷に入ってきた。文之介の前に正座する。

「どうした、顔を見せるのがずいぶんと遅かったじゃねえか」

「すみません、お待たせしてしまって」

紺之助が頭を下げる。

「なんだ、水浴びでもしていたのかい」

「よくおわかりになりますね。その通りですよ」

「汗っかきのおめえにしちゃ、ずいぶんさっぱりした顔をしているな、と思っただけだ。夏は苦手だといってたのに、秋口みてえな顔をしてやがる」

「今の季節、あっしに行水《ぎょうずい》は欠かせませんよ。しかし里村の旦那がいつの間にかいなくなっていたのには、びっくりしましたよ」

「あれだけ大勢の子分に囲まれていれば、俺がいなくともかまわんと思った。文之介どのたちの顔を見たかったゆえな。勝手に離れてしまって悪かったか」

「いえ、里村の旦那が離れるっていうのは、それだけなんの気配も感じていないということでしょう。大丈夫だと思っていましたよ。大船というわけにはいかず、小舟に乗っているくらいの感じでしたけど」

「びくびくしていたんだな」

文之介は決めつけるようにいった。

「どうしてそんなにおびえているんだ」

「里村の旦那は打ち消されるんですけど、あっしは妙な気配めいたものを感ずることがあるんですよ。それがどうにも怖くて、里村の旦那にいてもらってるんです」

「妙な気配ねえ」

文之介はまわりを見渡した。

「なにも感じねえな。いつもの雰囲気だぜ」

「さいですかい。あっしの勘ちがいですかねえ」

「なんともいえねえな。里村さんは、おめえがいいというまでいてくれるといってるんだ。それに甘えたほうがいい」

「甘えているのは俺のほうさ。なにもせずに稼げるからな」

その言葉をきいて紺之助が頭をかく。

「なにかあっしはただの臆病《おくびょう》者みたいですねえ」

「やくざ者は、そのくらいがちょうどいいんだ」

紺之助を見つめて文之介は強い口調でいった。

「警戒せずにもし殺られちまったら、後悔するのは自分だからな」

「さいですよねえ。というわけですから、里村の旦那、今しばらくこちらにいてやってください」

「うむ、心得た」

それをきいて紺之助は安堵の色を隠せずにいる。

背筋を伸ばし、姿勢を正す。文之介に目を当ててきた。

「それで御牧の旦那、今日はどんな用でいらしたんですかい」

うむ、といって文之介は口をひらこうとした。

「ちと俺は遠慮しよう」

半九郎がすばやく立ちあがった。

「いえ、かまいませんよ」

半九郎を見上げ、文之介は制するようにいった。

「しかし、お役目に関することではないのか」

「それはそうですが、一緒にきいてもらってもかまわぬことですから。紺之助も、里村さんに一緒にいてもらったほうが心強いでしょう」

さようか、といって半九郎がまた腰をおろした。

「用件というのは、これだ」

文之介は懐から人相書を取りだし、紺之助に見せた。

「この男を知らねえか」

人相書を受け取った紺之助が真剣な目を落とす。

「名は知りませんが、似た男に会ったことはありますね」

「どこで」

「賭場です」

「この男は銀七郎というんだ」

「ほう、さいですかい」

「壺振りか」

「いえ、ちがいます」

あっさりと否定した。文之介は意外だった。

「ちがうのか」

やや強い語調で紺之助に確める。

「はい、壺振りではありません。代打ちを生業にしている者ですよ」

「なんだ、代打ちって」

「やくざ者のあいだでよく行われるんですが、仲の悪い者同士が縄張を争って、死人まででだしたとします。そうすると、御番所はさすがに黙っていないじゃないですか。そこまでいっちまうのはまずいということで、博打《ばくち》で片《かた》をつけることがあるんです」

ほう、と文之介はいった。勇七と半九郎は黙って耳を傾けている。

「その際、親分の名代《みょうだい》で出てくる者がいるんです。すべての権限を親分からゆだねられた者ですね。代打ちは丁半博打のさいの目を読むのに長《た》けている者がつとめます」

「すべてをまかせられた者同士の勝負か。そいつは大勝負だな」

「はい、その勝負に勝つか負けるかで、縄張が自分たちのものになるかならないかが決まりますからね。代打ちの心にかかる重圧は相当のものでしょう」

重圧か、と文之介は思った。あるいは、銀七郎にもとてつもない重圧がかかっていたのだろうか。

だとすると、あれはやはり紹徳の見立て通り、自死ということなのか。

「どうかしたのか、文之介どの」

半九郎にいわれて、文之介は顔をあげた。

「ちと気になることがありまして」

「この銀七郎という男は、どうかしたんですかい」

面を上げ、紺之助がきいてきた。

「首をつったんだ」

これまで何度も話していることを文之介は告げた。

「それなのに、御牧の旦那はお調べになっているんですかい」

紺之助が、鈍く底光りする目で見つめてくる。

「そんな怖い目でにらまねえでくれ」

すみません、と紺之助が目の光をやわらげた。

「旦那は自死ではなく、殺されたとお考えになって動かれてるんですかい」

「まあ、そうだ」

文之介は認めた。

「しかし、今のをきいて、自死なのかもしれねえ、と思いはじめた」

同じ考えのようで、勇七が何度か顎を上下させた。

「紺之助、ここ最近だが、大勝負が控えているという噂をきかねえか」

紺之助が首をひねり、思いだそうとする。

「どんなものか中身までは知りませんが、数千両の金が動く大勝負の噂はちらりと耳にしましたよ」

「数千両か。すごいな」

文之介は、紺之助の手の上に置かれている人相書に目を向けた。

「もしその銀七郎が大勝負の片一方の者だったら、逃げだしたいと思っても不思議はねえだろうな」

「ええ、さいでしょうね。最後にはこの世から逃げだしたいと思うかもしれませんね」

文之介は一つ息を入れた。水を口に含む。湯飲みが空になった。

勇七は襟元《えりもと》をくつろげ、盛んに風を入れている。

半九郎だけは一人、涼しい顔で、泰然《たいぜん》としていた。

「大勝負の中身までは知らねえっていったな」

文之介は改めて紺之助に問うた。

「はい、すみません」

恐縮したように紺之助が頭を下げる。

「銀七郎に死なれたってことは、腕利きの代打ちを片一方は捜さなきゃいけねえってことだな」

「はい、まったくその通りで。しかし、そいつは骨でしょうね」

紺之助が遠い目をする。

「そういえば、一人、すごいのが昔、いましたねえ」

「凄腕《すごうで》の代打ちか。今、なにしているんだ」

さあ、と紺之助が首をひねった。

「あっしは知りません。しかしその男は本当にすごかったんですよ。本物としかいいようがありません。ちょうど二十回、代打ちの場に臨んだんですがね」

「それで」

半九郎が待ちきれないというようにうながした。

半九郎に目を当てて紺之助がにこりとした。

「二十回、すべて勝利しました」

「ほう、神業だな」

感嘆したらしく、半九郎が瞠目する。

「ええ、本当に」

真剣な顔を崩さず、紺之助が唇を湿す。

「その人は幼い頃から博打の天才でしてね。置かれた壺を見れば、なかの二つのさいころがどんな目をだしているか、わかったそうですよ」

「それは、壺を透かして見ることができたのかな」

これは文之介がきいた。

「いえ、透かして見るというより、心のなかにすっと浮かぶというような話をきいたことがありますね」

「へえ、どんなことをすれば、そんな力を得ることができるんだろう」

「なにもしていないみたいですよ。天賦《てんぷ》の才でしょう」

「神に与えられたものか。凡人では手にすることはできぬな」

残念そうに半九郎がいった。

「里村さんは、神のような剣の腕を与えられたじゃないですか」

「俺くらいの腕じゃ駄目さ。上には上がいる」

そうですかね、と文之介は首をかしげた。半九郎の上に位置する者というのが、まったく想像できない。

「紺之助、その伝説の男だが、どうして二十回しか勝負の場に臨んでいねえんだ」

回数が少ないような気がして、文之介はたずねた。

「あまり勝ちすぎるのも、よくないんですよ。その男を手に入れたほうが必ず勝つということになっちまいますからね」

まさか、と文之介は思った。

「消されたのか」

「そのおそれを先に感じ取って、その男は引退したんです。その後、消息を知る者はいませんね」

「紺之助は、その伝説の男に会ったことはあるのか」

文之介は新たな問いを発した。

「ええ、一度だけですけど。もうだいぶ前です。十五年はたってますね」

「人相を覚えているか」

眉間にしわを寄せて紺之助が顔を下に向ける。

「うろ覚えですけど」

「教えてくれ」

「旦那はやはりその銀七郎さんの代わりに、もう片一方が伝説の男を捜しはじめると踏んでいるんですかい」

「そうだ」

文之介は短く答えた。

わかりやした、と紺之助がいった。

「しかし、もう十五年も前の人相で、しかもあまりよく覚えていませんから、今とはまったくちがうかもしれませんよ」

「それでもかまわねえ」

うなずいた紺之助が、ゆっくりとした口調で語りだした。

額がとても広く、眉が顔の下のほうについているように見える。頬にはよく肉がつき、耳がひじょうに大きい。目は鷹《たか》のように鋭く、鼻は鷲《わし》のように高い。

「こういう特徴があるのに、顔はなんというのか、とらえどころがないといいましょうか、なかなか思いだすのに、苦労するようなところがありますね」

これに似た人相をどこかでできいたことがある、と文之介は思った。

すぐに思いだした。

お春が話してくれたのだ。まずい蕎麦屋に丈右衛門たちと一緒に行ったといっていた。お春が語ったその蕎麦屋のあるじが、これと似たような人相だった。

むろん文之介はあるじには会っていない。だが、紛れもなくそのまずい蕎麦屋のあるじこそが伝説の凄腕の代打ちなのではないか、という気になってきた。

まちがいない。確信がある。まずい蕎麦屋というのは隠れ蓑《みの》だろう。

文之介は勇七を見た。勇七は蕎麦屋のあるじのことは知らないが、文之介がなにか思いついたことは、覚ったようだ。すばやく立ちあがった。

文之介も立ち、紺之助に礼をいった。

「気持ちよく行水していたところをすまなかったな」

「あれ、もうお帰りですかい」

「ああ、伝説の男に会えるかもしれねえんでな」

「えっ、まことですかい」

文之介を仰ぎ見て紺之助が目をみはる。

「あっしも連れていってください」

「駄目だ」

文之介はにべなくかぶりを振った。

「どうしてですかい」

「おめえは俺たちの足についてこられねえ」

紺之助を見返して文之介はにっと笑った。

「冷てえようだが、これで失礼するぜ。里村さん、紺之助をよろしく頼みます」

顎をなでて半九郎が苦笑する。

「親分がいなかったら、俺もついていきたいところだ。伝説の男とやらのご尊顔を拝みたい」

「近いうち、きっと会えますよ。では、これで」

文之介は辞儀し、座敷をあとにした。勇七がついてくる。

紺之助や半九郎たちの見送りを受けて格子戸を出るや、丈右衛門の住みかがある深川富久町に向かって駆けはじめた。

二

蕎麦を打つのに、さまざまな道具が必要なのは、なんとなく知っていた。

しかし、どういう道具が必要なのか、これまでは食べるばかりで、まったく知らなかった。

打ち台、こね鉢《ばち》、小さくて深い鉢、麺棒《めんぼう》、こま板、切り板、粉ふるい、刷毛《はけ》などをそろえなければならない。

蕎麦自体にも、蕎麦粉、つなぎ粉、打ち粉が必要だ。

それといい水もいる。

丈右衛門は水以外、それらをすべて自腹で買いそろえた。懇意にしている蕎麦屋の主人の紹介で買ってきたのである。

これだって、いつかは役に立つ。蕎麦づくりをものにすれば、お知佳にも振る舞うことができる。お勢も喜んで食べてくれるにちがいない。

文之介やお春にも食べさせられる。うまさにびっくりするようなものを打てるようになろう。

丈右衛門は一人、蕎麦を打ちはじめた。打ち方も懇意にしている蕎麦屋の主人に習ったのだ。

主人は懇切ていねいに教えてくれた。ほかにもやり方があるはずですから、そのうち自分に合ったやり方が身につくはずですよ、ともいってくれた。

丈右衛門はまず、小さくて深い鉢のなかに蕎麦粉とつなぎ粉を入れた。それを手で、よく混ぜ合わせる。

混ざったものを粉ふるいにかけ、こね鉢に入れる。

こね鉢のなかの粉を平らにならした。粉でまわりに堤《つつみ》をつくるのを忘れてはいけない。こうしておけば、水を入れてもこね鉢まで水がいかず、粉でこね鉢を汚す心配がない。後片付けが楽ということだ。こういうこともとても大事なんですよ、と蕎麦屋の主人はいっていた。

それから水を粉にまわしかけた。用意した水の半分をここで使う。

堤をつくった粉でならした粉を覆うようにすばやく粉と水とを混ぜ合わせる。

両手ですくった粉をぎゅっとはさみこみ、それをさっと放すという作業を調子よく繰り返す。こうして全部の粉が同じ量の水を含むようにした。

ここまではなかなかうまくいっている。丈右衛門は満足だ。だが、ここで気をゆるめるわけにはいかない。

いま粉は少し湿った状態だ。ここから二度目の水入れになる。

残った水のさらに半分を粉の上に再びまわしかける。まわりにある粉からまんなかの粉のほうに覆い尽くすように、即座に水と粉を混ぜ合わせる。

この作業を続けていると、粉がかたまり合って半寸くらいの粒になる。

ここまできたら、粉の中央をならして平らにし、そこに最後の水を振りかける。粉が一寸ほどのかたまりの群れになった。

一寸ほどのかたまりの群れを、一つのかたまりにまとめる。これで蕎麦生地ができたことになる。

蕎麦生地を二つに折り、手前から押しだすように力を入れて練り、蕎麦生地を少しずつずらして練りを重ねてゆく。

蕎麦生地のなかにできた泡を抜く作業に入る。

これは菊練りといい、菊のような形にするのだが、別に似たような形になればかまわないですよと蕎麦屋の主人にいわれた。

それをさらにこね、へそだしといわれる形にする。

これは相当、骨が折れた。手のうちで転がすようにするのだが、なかなか思った通りの形にならない。じょうごのような形にしたいのだが、形がととのってくれない。

悪戦苦闘し、ようやくそれらしい形にすることができた。

じょうごのとがったほうを下にし、押し潰す。手のひらを上手に使い、円になるように、そして厚さが同じになるように注意して、形をつくってゆく。

ようやくできあがった。差し渡し四寸ばかり、厚さは一寸ほどになった。

蕎麦屋の主人がつくってみせたものとは、だいぶちがうが、初めて一人でやったにしては、なかなかいいものができたような気がする。

これは、蕎麦玉というらしい。

蕎麦玉を打ち台の上にのせる。手のひらの付け根で押し潰し、平らにのしてゆく。このとき注意すべきは、縁を薄くしないようにすることだ。

それからさらにのし続け、蕎麦玉が蕎麦皿のような形になればよい。差し渡しは七寸ほどだ。

のしあがった蕎麦生地に打ち粉を振り、不要な打ち粉は刷毛でさっと払う。

丈右衛門は麺棒をつかんだ。それを使って蕎麦生地を仲ばしはじめた。

このとき気をつけなければならないのは、力を入れすぎないことだ。力を入れすぎると、変なところが伸びて、形がおかしくなってしまう。

できるだけ円を崩さないように、徐々にのし続けるのがよいときいた。

のしが終わると、蕎麦生地の大きさは、差し渡し一尺ばかりになっている。これは丸のしというそうだ。

それからさらに麺棒を用いて、四つだしという作業に取りかかる。

これはむずかしかった。円の形をした蕎麦生地を四角い形にするのだが、なかなかうまくいかない。

蕎麦屋の主人に教えられた手順を思いだし、必死にやった。

ようやく四角になったときは、涙が出そうになった。

こいつは本当にたいへんだ。蕎麦を打つのにこれだけ汗をかくとは。

全身、汗びっしょりになっている。腰も痛い。腕もだるくなっている。

蕎麦屋の者たちはたいしたものだ。毎日、これを繰り返しているのだから。

しかも、まだ終わったわけではない。

本のしの作業が残っている。

それもようやく終え、これで蕎麦生地ののしはすべて終わった。

休むことなく、丈右衛門は蕎麦生地のたたみにかかった。

たたみ方にもいろいろあり、定まってはいないそうだ。

打ち台の上に切り板をのせ、こま板と包丁を手元に置く。

切り板に蕎麦生地をのせ、打ち粉をたっぷりとかける。

こま板を蕎麦生地の上に置く。こま板とは、蕎麦の太さをきれいにそろえるのと、指を切らないようにするための道具である。

こま板をうまくつかい、調子よく蕎麦生地を切ってゆく。気持ちはそうなのだが、うまくいかない。

蕎麦の太さが一定にならないのだ。やはりむずかしい。汗が出てきた。身を引き、汗をぬぐう。

蕎麦屋の主人の言葉を思いだす。包丁の動きは、切る、傾ける、持ちあげるの三つだそうだ。

それを念じながらやると、最初の頃でも、うまくゆくことが多いとのことだ。

ようやく切り終えた。それを一人前ずつに取り分ける。

十二個できた。

ここまでくれば、あとはゆでるだけだ。

丈右衛門は湯を沸かしはじめた。

しかし、まだ難関が残っている。蕎麦つゆである。

つゆのつくり方は蕎麦屋の主人も、さすがにすべては教えてくれなかった。ただ、鰹節の厚削り、醬油、みりん、砂糖などの仕入れ先は紹介してくれた。

丈右衛門は店をまわり、つゆのもととなるものもすべてそろえた。

書物問屋《かきものどんや》に行って、つゆのつくり方が書いてある本を買ってきた。江戸には食べ物の本はあふれている。どれだけ江戸者が食いしん坊であるか、このことはよく伝えている。

まずは、かえしである。

大きめの鍋《なべ》にみりんを入れ、かまどに置く。火をつけ、煮きりみりんをつくった。それに砂糖を入れ、ゆっくり静かにかきまわす。

醬油を入れ、沸騰しないように注意して火加減を見る。

鍋のまわりに醬油の焦げができていたら、布巾《ふきん》などできれいにふき取る。これをしないと、焦げたにおいのついたかえしになってしまう。

これで、かえしはできあがりである。これから最低でも、七日ばかりは寝かせなければならない。

だから、できあがった蕎麦切りの味見用に、蕎麦屋の主人に、店のかえしをもらってきてある。

次に蕎麦つゆだ。

大きめの鍋をもう一つ用意し、水を張る。火をつけ、沸騰したら、薪を減らして弱火にする。

鰹節の厚削りを静かに入れる。その際、決してかき混ぜてはならない。それをすると、濁った味になるそうだ。

あくを取りながら、四半刻ばかり煮詰めてゆく。

火をとめる。鍋をのぞいて見ると、濁りのまったくない透き通った飴《あめ》色のつゆができていた。

うまそうだ。喉が鳴った。

漉《こ》し布で漉して別の鍋に移す。

これに、店からもらってきたかえしを入れる。

つゆが十とすると、かえしは四の割合だそうだ。

それに火を加える。

これも沸騰させることなく、火をとめた。

蕎麦をゆでる鍋が沸騰をはじめた。

丈右衛門は蕎麦切りを一つ手に取り、鍋に放りこんだ。すぐさま蓋をし、麺が浮かんでくるのを待つ。

麺が浮かんだら、湯のなかをまわりはじめるのを確かめた。

それから五十、ゆっくり数えてゆく。

すばやくざるですくい、水でしめる。別の水に入れ、さらに冷たくする。

蕎麦を手を使わず、ざるですくいあげ、盛りつけた。このとき手を使わないのは、できるだけ体温を蕎麦切りに伝えないためだそうだ。

できた。

丈右衛門は胸のなかでつぶやいた。

ついに達成したという満足の思いが、心の壁を這いあがってくる。

お知佳を呼んだ。

すぐに台所に顔を見せた。背中にお勢がいて、顔をのぞかせている。おとと、とたどたどしく呼んだ。

「できましたか」

期待のこもった目でお知佳がきく。

「ああ、できた。うまいかまずいか、よくわからぬものがな」

「おいしいに決まっていますよ」

そばに寄ってきてお知佳が蕎麦切りを見つめる。

「おいしそう」

静かにつぶやいた。次に蕎麦つゆのにおいも嗅ぐ。

「いい香り」

目を閉じ、うっとりといった。

「お知佳はほめ上手だな」

「そんなことありません。私は感じたことをいったまでです」

「よし、ここでさっそく食べよう。蕎麦はできたてが特にうまいから」

立ったまま丈右衛門は蕎麦切りを箸でつまみ、つゆにつけた。一気にすすりあげる。

蕎麦の旨みが口中に一気に広がってゆく。

「うまい」

上出来だ。できすぎといっていい。

「おいしい」

お知佳が感嘆の声を漏らす。

「あなたさま、これはすごい」

ほしい、ほしい、とお勢がお知佳の背中で暴れる。

丈右衛門は、待っておれ、と蕎麦切りを口に運んでやった。

「おいちい」

目を丸くして叫んだ。

「まことか」

「おいちい、もっと、もっと」

わかった、とさらに何本かの蕎麦切りをお勢に与えた。

丈右衛門はもっと食べた。なじみの蕎麦屋の蕎麦並みとはいかないが、下手な蕎麦屋の蕎麦よりずっとうまい。

「あなたさま、お店をやれますよ」

「それはあるまい」

「でも、本当においしいですから」

「しかし、まだ欠点はあるな。やはりつゆが蕎麦にくらべて弱い」

「ああ、そうかもしれません。でもこれだって、十分おいしいですよ」

「最高のものを目指さなきゃ、ならんのだ。それでなければ、太造に申しわけが立たん」

それから丈右衛門は二日のあいだ、つゆづくりに没頭した。

なにが悪いのか。なじみの蕎麦屋と同じ材料を使っているのだから、似たような味にならなければおかしい。

実際にはなっているのだが、少し生臭さが残るような気がするのだ。

おそらく火加減だろう。やはり薪のくべ方がよくないのだ。

丈右衛門は徹底して火加減に気をつけた。

今日、太造が来るという日、これまでとちがうつゆができた。これまでのつゆも透き通っていると思っていたが、透き通り方が一段と深い。

これはできたかもしれない。いや、きっとできたにちがいない。

忘れないうちに、どういうふうに薪を操ったかを、書き留めておく。

打ち立ての蕎麦切りをゆで、できたつゆで食べてみた。

「うまい」

これまでのよりずっといい。味が濃く、深くなっている。

そのために、蕎麦切りの旨みが逆に引き立つ結果になっている。きりりとした旨みが舌を喜ばせる。

お知佳を呼んだ。

「ついに満足いくものができましたか」

うれしそうにきいてきた。

「どうしてわかる」

お知佳がにこりとする。背中のお勢もつられて笑った。

「だってあなたさまの声の弾み方が、これまでとまるでちがいますから」

「そうか。そんなに声に出ているのか」

はい、と笑顔でお知佳がいった。

「さっそくいただいてよろしいですか」

丈右衛門は自信満々に答えた。

「むろんよ」

昼の九つすぎに太造がやってきた。

丈右衛門は蕎麦切りを食べてもらった。

「うまい」

心からびっくりしている。

「これ、本当におじさんがつくったの」

「そうさ」

「すごい。こんなにおいしい蕎麦、食べたことないよ」

「そいつはよかった」

丈右衛門は太造の笑顔を目の当たりにして、満足だった。

「これ、おいらがつくれるようになるの」

「なるさ」

丈右衛門はきっぱりと告げた。

「こうしてわしでもつくれるようになったのだから」

「おじさん、すごいね」

ふふふ、と丈右衛門は柔和に笑った。

「そんなにほめられると、おじさんは鼻高々になってしまうな」

「だって、それだけのお蕎麦だよ」

「店でもだせるかな」

「当たり前だよ。こんなうまい蕎麦をだしたら、大繁盛だよ」

「そうなるとよいな」

「なるよ」

「太造、では、これからさっそく伝授する。覚悟はよいか」

「はい、お師匠さん、よろしくお願いします」

身を縮め、太造が神妙に答えた。

それから一刻のあいだ、丈右衛門はみっちりと仕込んだ。

さすがに太造は筋がいい。やはりちがうな、と丈右衛門は感心した。

十分に教えこんだと見た丈右衛門は太造をいざなった。

「では、店に行くとするか」

はい、と太造が元気よく答えた。

丈右衛門と太造は材料を手に、竹見屋に向かった。

あるじは夜の分の仕込みをしていた。

当たり前のことといってよいのか、蕎麦を打つ手際は素人離れしている。

あれだけの技を持っているにもかかわらず、どうしてあんな蕎麦切りができてしまうのか。

「なにを持って見えたんですかい」

店内の暗さに負けない暗い声であるじがきいてきた。

丈右衛門が答える前に、太造が伝えた。

「蕎麦切りの材料だよ」

「なに」

あるじがぎらりと目を光らせた。

「だっておとっつぁんのつくる蕎麦、まずいんだもの。今日はこれでつくらせてよ」

「おめえ、手習所はどうしたんだ。行ってねえんじゃねえだろうな」

「今日は休みだよ」

「ほんとか」

「手習所はやってるけど、おいらが午後は休んだんだよ」

えっ、怠けたのか。それは丈右衛門も知らなかった。しかし、これはこちらの落ち度だ。だから昼すぎにやってきたのだ。太造に確かめておくべきだった。

「なんだと」

腕まくりして、あるじが厨房からのそりと出てきた。

「今から行ってこい。行け」

「やだよ。それに、行ってももう終わってるよ」

「てめえ、屁理屈《へりくつ》ばっかこねやがって。殴るぞ」

「いいよ、殴っても。でも、おいらは行かないからね。行っても、ほんとにもう仕方ないんだよ」

「どうしてそんな強情を張るんだ」

「強情なんか張ってないよ。おいらがうまい蕎麦切りをつくって、おとっつぁんに食べてもらうことになってるんだよ」

「わしに食べさせるだと。おめえにうまい蕎麦切りがつくれるのか」

「つくれるよ」

自信たっぷりにいって、太造が丈右衛門を見あげてきた。あるじが、ちらりと丈右衛門に目を向ける。

「一度、見えたことのあるお客さんだね。これはお客さんの差金《さしがね》かい」

ちがうよ、と太造が丈右衛門の前に立って強くいった。

「おいらがおじさんに頼んだんだよ。おいしい蕎麦のつくり方を教えてって」

「ほう、そうかい。このお客さんは、うまい蕎麦がつくれるのか」

「なんとか」

丈右衛門は自ら答えた。

瞳を動かし、あるじがじろりと見た。凄味を感じさせる眼差しだ。

「なんとかねえ。付け焼き刃じゃないんですかい」

「付け焼き刃かもしれないけど、おとっつぁんの蕎麦なんかより、ずっとうまいよ。びっくりするくらいなんだから。あれだけの蕎麦をだせたら、手習所のみんなにまずい蕎麦だなんて、もう二度といわせないようにすることができるもの」

「手習所のみんなに……」

うつむき、あるじが切なそうな顔をした。

「わかった。そんなにいうなら、わしをびっくりさせる蕎麦切りを、太造、つくってみればいい」

ありがとう、とうれしそうに太造がいって、厨房に入りこんだ。

「おじさん、頼むよ」

うむ、と答えて丈右衛門は太造のうしろについた。

太造に、まず蕎麦の打ち方を思い起こさせる。

太造はちょっぴり手間取ったものの、なんとか蕎麦を打ち終えた。

それを取り分けて、木箱にしまう。そこまでやって太造が汗をぬぐった。

次につゆづくりだ。かえしだけは日にちが足らずどうにもならないから、なじみの蕎麦屋から新たにもらってきた。

蕎麦つゆは鰹節のみだ。とてもよい鰹節を用いることにしている。

もしこのつゆがあるじに認められても、この高い鰹節を使うことを果たして許してもらえるのか。

そんなことを考えても仕方ない。今はひたすらつくるのみだ。

太造は額に汗して、蕎麦つゆを仕上げている。

それをあるじは楽しそうに見守っていた。目が生き生きとしている。表情を覆っている暗さは一切感じられない。

この人は、と丈右衛門は思った。本当はやれるのではないか。うまい蕎麦切りをつくれるのではないか。

わざと技があるのを隠している。

どうしてそんな真似をしているのか。

丈右衛門がそんなことを考えているあいだに、蕎麦つゆができあがった。蕎麦切りもゆであがった。

教えずとも、太造が手際よく盛りつけをしてみせた。つくる蕎麦切りはまずいが、あるじの盛りつけ方は巧みだった。

このあたりの太造の腕は、門前の小僧習わぬ経を読む、ということだろう。

「できたよ、食べてみてよ」

「よし、わかった」

力強くいって、あるじが箸を取る。

蕎麦切りをじっと見てから箸でつかみ、蕎麦つゆにちょんとつける。ずるずるとすすりあげた。

「ほう」

嘆声を漏らした。

それからは、一気に一枚のざる蕎麦を平らげた。しばらく呆然としているように見えた。

「うまかった」

太造に目を向け、あるじがにこりとした。

「たいしたものだ」

あるじが心からほめたたえているのが丈右衛門には伝わってきた。

「ほんと」

顔を輝かせて、太造が確かめる。

「ああ、本当だ」

あるじが顔を丈右衛門に向けてきた。

「お客さん、付け焼き刃というのはまちがいないだろうが、すごくいい勘をしていなさるね。よほど食いしんぼで、おいしい店を食べ歩いたんでしょう。蕎麦屋をひらいても、十分、やっていけますぜ」

「そうかな」

蕎麦屋をひらくというのもおもしろい気がしたが、自分にはちょっときつすぎる。無理だろう。

丈右衛門はそのことをあるじに告げた。

「そうですかい。これだけの勘を持っていなさる人はそうはいないのに、もったいないですねえ」

残念そうにあるじが首を横に振る。

「それがわかる親父さんも、たいしたものじゃないのかな」

丈右衛門は間髪を容れずにあるじにきいた。

「いったい何者なのかな」

「何者もなにも、ただの蕎麦屋の親父ですよ」

「しかし、蕎麦屋の親父なら、どうしてわざとまずくつくっているのかな」

えっ、と太造が父親を見あげる。

「わざとってどういうことなの」

えっ、と声をだし、あるじが困った顔をする。

「いや、まあ、話せば長い」

「話してよ」

そのとき丈右衛門は、戸口に人の気配を感じた。

人影が三つ四つ、すばやい動きをしたかと思うと、どどど、と数人の男が店内に躍りこんできた。

なんだ、と思う間もなく、太造がつかまった。いかにも屈強そうな男の肩に担ぎあげられる。

「なにをする」

あるじが声を放ったが、すぐに別の男に飛びかかられて、声は途中で途切れた。当身を食らったか、体をぐにゃりと折った。ぐったりしている。

丈右衛門は、そばにあった棒を手にした。麺棒だ。

あるじも、大柄の男の肩にひょいと乗せられた。

それで用は済んだとばかりに、男たちは店の外にだっと走り出てゆく。

「待てっ」

麺棒をぐっと握り締めて、丈右衛門は追った。

すでに日は暮れかけている。提灯《ちょうちん》を持っている者も多い。

薄暗さが、江戸の町を覆い尽くそうとしている。

飲み屋や料理屋に次々に明かりが灯されてゆく。ほんのりとした明かりは、前を行く男たちの背をぼうと照らしている。

そのおかげで、丈右衛門は見失うことはなかった。

男たちは北へ北へと向かってゆく。本所を通りすぎて向島《むこうじま》へと達しそうな勢いだ。

やつらはいったい何者なのか。どうして蕎麦屋のあるじ父子をかどわかしたのか。

本所を抜ける頃には、丈右衛門は息も絶え絶えだった。

死んでしまうかもしれんな。本気でそう思った。

隠居してから、ずっと体を鍛えることを怠っていた。その付けが今まわってきたのである。

本所を通りすぎた。向島に入る。その頃には夜がとっぷりと暮れていた。大気は涼しさをともなっているが、まだまだ昼間の暑気もはらんでいる。

汗が着物を浸し、べったりと体に巻きついている。まるで若い者のようにいまだにこれだけの汗が出ることに、丈右衛門は正直、驚いていた。

男たちの姿がいつしか見えなくなっているのに、気づいた。

見失ってしまった。

丈右衛門は呆然として足をとめた。

わしのせいだ。鍛えておらぬから、こんなことに。

それでも、あきらめずにあたりを探しまわった。

だが、太造とあるじの二人につながるような手がかりを見つけることはできなかった。

無力さが体を覆う。

わしはいったいなにをしているのだ。

二人がかどわかされたのを目の当たりにしたのに、なにもできなかった。襲ってきたやつらも、丈右衛門の姿は視野に入ったはずなのに、目もくれなかった。自分は、やつらの脅威として映らなかったというわけだ。

ここでこうしていても、ただときがすぎてゆくだけだ。今、ここでできることがなにかあるのではないか。

丈右衛門は考えた。すぐに答えは出た。懐から紙を取りだす。汗で濡れてしまっているが、このくらいならなんとかなるのではないか。

懐から矢立も取りだした。

明るいところを探さねば。

一軒の料亭らしい建物が見つかった。二つの大提灯が木戸の両側にかかり、煌々《こうこう》とした光を放っている。

丈右衛門はその提灯のそばに行き、最もよく覚えている男の顔を描きはじめた。

幼い頃から絵は得意だ。文之介は妻の血を受け継いだのか、まったく絵心はない。

それが少し残念だ。絵は楽しい。描いている最中は、すべてを忘れられる。

このときも同じだった。

太造を担ぎあげた男の顔を描くのに熱中しすぎた。うしろから近づいてきた気配に気づくのが遅れた。

はっとしたときには、首筋に打撃を受けていた。

紛れもなく遣い手だ。

だが、いくら熱中し、相手が手練《てだれ》だったとはいえ、ここまで近づかれて気づかないなど、どうかしている。

歳を取った。

目の前が夜の闇《やみ》よりずっと深い暗さに覆われていくのを見つめながら、丈右衛門は思った。

三

西瓜という作物は、もともとこの日の本の国にあったわけではない。

戦国の昔、南蛮人が持ちこんだものなのだそうだ。

そうではなく、慶安《けいあん》の昔に隠元禅師《いんげんぜんじ》が唐《から》の国から持ち帰ったという説もあるというのも、お春は知った。

農学者の宮崎安貞《みやざきやすさだ》が著した『農業全書《のうぎょうぜんしょ》』には、「味よく暑気を冷まし、酒毒を解し、渇きをやめ」と記されているそうだ。

また『農業全書』には、いろいろある西瓜の種子のなかで「じゃがたら」というものが赤い肉で美味である、と書かれているそうだ。

江戸でも西瓜はとれ、なかでも砂村の西瓜は最高のものとされている。『江戸砂子《えどすなご》』という書物には、「砂村の西瓜はとても上品で、なかは濃い赤をしている。種は黒色、舌当たりは軽く、ひじょうに甘い」というような意味のことが記されているという。

そのようなことを、お春は歩きながら父の藤蔵に語った。

「なかなかおもしろいね」

お春に眼差しを注ぎながら穏やかに笑う。

「わしが知っている説には、鎌倉の昔には、もう西瓜はこの国に入ってきていたというものがあるよ」

「どういうこと」

「鎌倉の幕府が滅びたあと、足利《あしかが》氏が京の室町《むろまち》に幕府をひらいたことを、お春は知っているかい」

「ええ、知ってるわ」

そのあたりの歴史は手習で詳しく教えてもらった。

「足利氏の時代、朝廷が南北二つに分かれていたことは」

「うん、それも知ってる」

「朝廷が二つに分かれていたそのときに、義堂《ぎどう》という高僧がいらっしゃった。義堂という人の著した『空華日工集《くうげにっくしゅう》』という書物があるんだ。日記の体裁を取っているらしいが、そのなかに、西瓜の詩が書かれているそうだ。そういうことで、すでに鎌倉の頃には西瓜は伝わっていたのではないか、ということになるんだよ」

「へえ、そうなんだ」

「それとお春は、『鳥獣戯画《ちょうじゅうぎが》』というものを知っているかい」

藤蔵が新たな問いを投げかけてきた。

「ええ、どんなものか知らないけど、耳にしたことはあるわ」

「絵巻なんだ。人の形を借りて、獣たちのさまざまな動きや姿勢などが描かれているものだ」

ふーん、とお春はいった。

「この絵巻ができたのは平安の昔とも鎌倉の頃ともいわれているんだけど、それにも西瓜らしい絵が描かれているというんだ」

「『鳥獣戯画』というその絵巻は、誰が描いたの」

「鳥羽僧正《とばそうじょう》という天台宗《てんだいしゅう》の僧侶《そうりょ》だ。だが、それもそういうふうにいわれているというだけで、本当に鳥羽僧正という人が描いたのかどうか、わかっていないらしい」

「昔のことは謎が多くて、おもしろいわ」

「お春はそう思うか」

真剣な目を藤蔵が向けてきた。

「ええ。いろいろ考えると、なにかとても楽しい気持ちになってくるの」

「だったら、お春もなにかそういう謎を解くような書物を書いたらいい」

「えっ、私になんか、書けるのかしら」

「書けるさ」

なんの迷いもなく、藤蔵が断言する。

「誰だって、最初に筆を持つときは、書けるだろうか、って半信半疑だろう。だが、書きはじめてしまえば、意外にすいすいと筆は進むんじゃないかな」

首をかしげてお春は苦笑いした。

「そんなにたやすいものかしら」

「確かにむずかしいだろうから、たやすいものではないだろうな。だがお春、書いてみないことには、なにもはじまらないぞ。やってみる価値はあるような気はする」

そうね、とお春はうなずいた。

「おとっつぁんの勧めにしたがって、なにか書いてみようかしら。おとっつぁん、なにがいいと思う」

そうだなあ、と藤蔵が晴れあがった空を眺めた。数羽の鳥が青一色のなかを、ゆっくりと飛んでいる。

上空は風があるのか、ときおり南へ流されるが、必死に羽ばたいては行きたい方角をかたく守っている。

「お春はどの時代が好きなんだい」

顔を向け、藤蔵がきいてきた。

「そうねえ。戦国の昔が好き」

「へえ、そうなのか。軍記物が好きなのか」

「ええ、好きよ。武田信玄《たけだしんげん》公や上杉謙信《うえすぎけんしん》公、織田信長《おだのぶなが》公、豊臣秀吉《とよとみひでよし》公なんか、大好きよ」

「それはわしと同じだな。お春、わしの蔵書を読んだか」

「ええ、おとっつぁんの持っている本は、ほとんど全部ね。おもしろいものはいろいろあったけど、やっぱり戦国の軍記物が一番、おもしろいわ。血が沸《わ》く感じがするもの」

「血が沸くか。そいつはまるで男のようだな」

「謎というのは考えたことがなかったけれど、戦国のことを書いてみようかしら。織田信長公がいいわ」

「ふむ、そいつはおもしろそうだな。わしも信長公が最も好きだ」

やはり親子だわ、とお春はうれしかった。

「織田信長公は本能寺《ほんのうじ》で明智光秀《あけちみつひで》に討たれてしまうのよね。最後の日、信長公がなにをして、なにを食べ、どんなことをしゃべったか、書いてみようかしら」

「ああ、それはいいかもしれない」

そんなとりとめのない会話をかわしながら歩き進めていくうち、目当ての地である大崎村に着いた。

さすがに緑は濃い。だが、緑というのは、陽射しの強さをやわらげてくれる効能があるようだ。

笠《かさ》をかぶっているといっても、強い陽射しに目が少し痛かったが、大崎村の緑を眺めているうちに、痛みが徐々に引いていったのである。

大崎はかぼちゃが有名だ。それだけでなく、砂地ということで、西瓜もつくられているという話である。

だから、今日こそ届け主が見つかるのではないか、とお春の期待は、いやが上にも高まっている。

さっそくききこみをはじめた。お春としては、文之介ではなく、丈右衛門に関係している者がかぼちゃと西瓜を届けてくれたと思っている。

両方とも体によいとされる作物だからだ。これは若い文之介ではなく、丈右衛門のために、と考えるほうが自然だろう。

そして、丈右衛門があの屋敷にもういないことを知らない者が持ってきているのだ。丈右衛門に心当たりがなかったことも合わせ、両者につき合いはないといっていいのではないか。

しかし、丈右衛門になんらかの恩があり、かぼちゃと西瓜を届けた。

「それで、その届けられた西瓜はもう食べたのか」

ききこみの途中、藤蔵が思いだしたようにたずねてきた。

「ううん、まだよ。文之介さんが帰ってきたら、食べようと思っているの。すごい西瓜よ。いま井戸で冷やしてあるの」

「そいつは楽しみだな」

「ええ、とても」

さらにききこみを続行した。大崎村といっても砂村と同様、ひじょうに広い。炎暑のなか、歩き続けるのはきつい。

しかし、暑さなどに負けていられない。必ず突きとめてみせる。その一念で、お春は動いている。

一つだけ、藤蔵の体が心配だ。無理はさせられない。

だから一刻も早く、届け主を見つけださなければならない。

その思いが天に通じたか、手がかりらしいものを得ることができた。

ここ大崎村のはずれに、変わり者が住んでいるそうだ。

なんでも村人があきらめた荒れ地を、開墾し続けているのだそうだ。

まだそんなに歳のいっている人ではないという。せいぜい三十くらいではないか、という話だ。

五年ほど前から荒れ地に入り、一人、鍬を振るってきたそうだ。今では、なんだかんだいっても、一反歩ほどの土地を畑に変えたそうだ。

そこでは、かぼちゃと西瓜を主につくっているという。

野良仕事のかたわら、今も開墾を続けているとのことだ。

名を卓吉《たくきち》という。前身は不明だが、やくざ者だったという噂があると、話をきいた村人はいった。

しかし、やくざ者にあれだけの荒れ地を畑に変える根性が据わっているわけがねえよ、とその村人は笑っていた。

やくざ者ならば、丈右衛門となにかつながりがあるかもしれない。丈右衛門たちがいま住んでいる家も、紺之助というやくざ者に世話してもらったときいている。

卓吉の暮らす家の場所をきいて、お春と藤蔵は足を運んだ。

ごつごつした岩が鋭利な刃物のように突きだす、広々とした荒れ地を背後にして、粗末な家が建っていた。

家といえるような代物ではない。あばら屋ともいえない。深く掘られた穴に、大きな傘のような屋根が、ただのっかっているだけにすぎないのではないか。

「本当にここに住んでいるのかな」

家を見つめて藤蔵がぽつりといった。

「とにかく確かめてみるわね」

お春は家の前に立ち、訪いを入れた。土間というのか、二坪ほどの穴らしいものが目の前にやはり見えている。

野良仕事に出ているのか、なかは無人である。家財らしいものは一つもない。

「すごいところだな」

「ここでがんばっているなんて、早く顔を見てみたい」

お春は家の裏手にまわった。荒れ地を風が音を立てて吹き渡っている。潮の香りの強い風だ。

お春は岩の上に立ってみた。

「大丈夫か」

藤蔵が心配そうに見あげている。

「おとっつぁん、私が落ちたら、抱きとめてね」

「ああ。まかしておけ」

藤蔵は本気でいったようだ。この父に冗談は通じない。

「なにか見えるか」

笠を傾げ、お春はじっと目を凝らした。

左のほうは背の低い灌木《かんぼく》が生い茂っているようだが、一町ほど先に人影が動いているように見えた。

「ええ、人がいるわ」

「どこだ」

「あそこ」

お春は岩からおり、藤蔵が入れ代わって上に立った。

「ああ、確かにいるな。男の人のようだ。お春、行ってみよう」

二人は連れ立って向かった。

男は無言で鍬を振るっていた。ふんどし一つで、こちらに背中を見せているが、肩の盛りあがりや太い腕など、筋骨が人足のようにたくましい。

「あの、卓吉さんですか」

お春は後ろ姿に声をかけた。

振りあげた鍬をとめ、驚いたように男が振り返った。

真っ黒に日焼けしている。彫りの深い顔立ちをしていた。そのために目が落ちくぼんでいるように見えた。いや、激しい仕事を続けているために、本当にくぼんだのだろう。以前は鋭い光をたたえていたのではないかと思える瞳は、今はやわらかなものに変わっていた。顔も体もあかじみてはいない。行水などはまめにしているのではないか。

「あんたたちは」

お春は名乗り、藤蔵を紹介した。

「ふーん、親子かい。俺になんの用だい」

「卓吉さんは、御牧丈右衛門という人を知っていますか」

お春は前置きなしで、ずばりきいた。

男が目をみはり、体をかたくした。

「知っているのですね」

あ、ああ、と卓吉が首肯《しゅこう》する。

見つけた、ようやく。

お春は、体から力が抜けるような気分を味わった。へなへなと崩れそうになるのを、なんとかこらえる。

ついにやった。自分たちだけの力で、届け主を見つけた。

お春は目を閉じた。うれしくて涙がこみあげそうになる。

うちのあの人は、とお春は思った。いつもこういう苦労を重ねて、下手人探しをしているのだろう。見つけだし、とらえたときの喜びはきっとすごく大きなものにちがいない。

　でもあの人は、こういう喜びがあるからいつも苦労を重ねているわけではない。困っている人を助けたいから、身を粉《こ》にして働いているのだ。

　じっくりと喜びを噛み締めてから、お春は次の問いを発した。

「丈右衛門さんとは、どういうお知り合いなんですか」

「それより、あんたたちが丈右衛門さんとどういう関係なんだい」

　お春はすぐさま説明した。

「えっ、あんた、あの頼りないせがれの嫁さんかい。こりゃ、驚きだ」

「今は頼りなくなんかないわ」

　卓吉を見据えてお春は即座にいい放った。

　ふふ、と卓吉が笑う。

「気の強いお嫁さんだな。頼りないせがれだけど、丈右衛門さんの血を継いでいるから、いずれいい同心になるんじゃないかとは思っていたんだ。なったのかい」

「今では、近いうち御番所の屋台骨を支える同心と目されているわ」

「そいつはすごい」

　柔和な目で、卓吉がお春と藤蔵を見つめてきた。

「丈右衛門さんの屋敷の者がやってきたということは、かぼちゃと西瓜のことだな」

「そうよ」

お春は大きく顎を引いた。

「卓吉さんは、お義父さまにかぼちゃと西瓜を届けたのね」

そうさ、と卓吉が首を縦に動かす。

「どうして届けたの」

「かぼちゃと西瓜は体にいいからな。丈右衛門さんには、長生きしてもらいたいから持っていったんだ」

「そうじゃなくて、ききたいのは、どうしてお義父さまなのか、ということよ」

「ああ、そっちか。すまねえな。俺は昔から頭が悪くてな。それで転落しちまった過去があるんだが」

転落した過去。それはいったいなんだろう。

「丈右衛門さんにかぼちゃと西瓜を届けたのは、恩返しだ」

「どんな恩なの」

「あんたたち、ききたいんだな」

「もちろんよ。でもその前に教えておくわ。お義父さまは今、八丁堀の組屋敷にはいないのよ」

卓吉が跳びあがるようにびっくりする。

「えっ、まさか丈右衛門さん、死んだんじゃないだろうな」

お春がかぶりを振る。

「お義父上がそんなにたやすく亡くなってしまうような人じゃないのは、あなたもよく知っているんでしょ」

卓吉がお春をおもしろそうに見る。

「あんた、女の割に口のきき方がおもしろいな。亭主にも同じ調子かい」

「そんなことないわ。もっとずっとやさしいわ」

「そうかい、そりゃよかった。――もちろん、丈右衛門さんが多少のことでくたばったりするようなたまじゃないのは、よく知っているよ。それで、丈右衛門さんは今はどこにいるんだい」

お春は、深川にいるとだけ伝えた。

その返事をきいて、卓吉がにっとする。

「用心深いな。しかし、俺が丈右衛門さんに恩があるというのは、本当のことだぜ」

「それじゃあ、早く話して」

藤蔵もききたくてならないという顔をしている。

卓吉が、無精ひげのやや伸びた顎をなですすった。

「俺が、元はやくざ者だったことを知っているかい」

「そういう噂があるってことは、村の人からきいたわ」

「そうかい、それなら話は早い」

卓吉が突き出た喉仏をごくりと動かした。

「俺はやくざの跡取りだったんだ」

「えっ、そうなの」

それにしては、顔立ちが優しすぎないか。それは藤蔵も感じたようだ。

お春たちの思いを読み取ったか、卓吉が苦笑する。

「そうは見えないところが、俺のつらいところだったのさ」

卓吉はいま二十九歳だという。十八のとき父親が病で死に、一家の跡を継ぐことになった。

しかし、一家をまとめることができず、そのときに最も実力のあった男に、親分の座を追われた。

「一家を乗っ取られたの」

「そういうことだ」

男を許すことなどできず、卓吉は復讐しようとした。だが、逆につかまり、簀巻《すまき》にされそうになった。そこを丈右衛門があいだに入り、助けてくれた。

丈右衛門は、復讐などつまらぬ、むなしいだけだ、まじめに働くことだけを考えろ、といって職を紹介してくれた。

その通りだと考え、卓吉は職についた。

しかし、いずれの職も長続きしなかった。

「やはり復讐したいという気持ちが強すぎて、仕事にのめりこめなかったんだ」

後悔している顔で、卓吉がいった。

「丈右衛門さんの顔を立てて俺を雇ってくれた人たちには、迷惑をかけたよ。丈右衛門さんの顔にも泥を塗っちまった」

それでも丈右衛門はあきらめることなく、卓吉に職を紹介し続けたという。

「それで俺はもういたたまれなくなって、丈右衛門さんの前から、姿を消したんだ」

「それでここにやってきたの」

ううん、と卓吉は首を横に振った。

「ことはそんなにたやすいものじゃなかった。やはり心に常にあるのは、復讐の二文字だった。その気持ちは、どうやっても抑えられなかった」

復讐をし遂げないと、この先、生きていけない気がした。

やつを殺す。その思いとともに我流だが、剣術に励んだ。

稽古《けいこ》を繰り返すたびに、最初は重かった木刀が軽く感じられるようになり、これならいけると思えた。

「俺は、一家を乗っ取った男の動きを調べはじめた。闇雲に襲っても、最初のときの二の舞になるだけだろうから」

調べを重ねていったある夜、その男はなじみの料亭に入っていった。その店を男が出ようとするとき、最大の機会が訪れることが、それまでの調べでわかっていた。警護の子分の動きが若干、遅れるのである。

「そのことも、剣術をやってみたからこそ、初めて見えてきたことだった」

そういうことは、剣術ではよくあることなのだろう。

「それでどうしたの」

「俺は気持ちを落ち着かせて、店を出てくるやつをじっと待った。店の向かいがちょうど暗がりになっていて、ひそむのには格好の場所だった」

五つ半すぎに男は出てきた。脇差《わきざし》を手に卓吉は近づいていった。

「そのときやつの乗る駕籠《かご》が店の前につけられた。駕籠の担ぎ手の一人が、いきなりやつにぶつかっていった。すぐさまやつから離れ、闇に向かって走りだした。なにが起きたのか、俺にはさっぱりわからなかった」

男は倒れこみ、胸から血を流していた。口から泡を吹いてもいた。もう助からないのは、一目瞭然《いちもくりょうぜん》だった。

「それを見て、俺は急に怖くなったんだ。その場を逃げだしたが、誰かが追ってきているような気がして、ひたすら夜を走り続けた。復讐などむなしいだけだ。丈右衛門さんの言葉が初めて胸にしみた」

気づくと、朝がきており、どこか江戸のはずれにやってきていた。

「百姓衆が朝早くから地にへばりつくように一所懸命、働いている姿を俺は目の当たりにした。その姿は尊かった。俺はこれだと打たれたように思った」

卓吉は少し間を置いた。

「俺はなにをしたらよいか、考えた。お百姓があきらめた荒れ地を選んで切りひらく。これしか思い浮かばなかった。駄目男がいったいどれだけできるものか、自分に課してみたかった。探しまわって住み着いてもいい土地をようやく見つけた」

大きく息をついた卓吉が、自ら開墾した土地を見渡した。

「五年かけて、これだけできた。かぼちゃと西瓜も満足できるものが、ようやくとれるようになった。成果を丈右衛門さんに見てもらいたいという気持ちもあって、お屋敷に届けたんだ」

四

足をとめた。

「ここだよな」

店の前に立ち、文之介は勇七に確かめた。

「いえ、あっしはこの蕎麦屋に来るのは初めてですから」

「ああ、そうだったな」

店の戸はあいている。なにか妙だと思いつつ文之介はあたりを見まわした。夜のとばりはすっかりおり、江戸の町は闇が無数に伸ばす腕にすっぽりと抱かれている。

「誰もいねえな」

足を踏みだした文之介は店のなかをのぞきこんでいった。

「あけっ放しなのに、真っ暗で、一つも明かりもついてねえや」

「夜はやっていないんですかね」

文之介の胸にはいやな予感が兆している。

「もしかすると、さらわれたのかもしれねえ」

「えっ」

勇七がぎくりとしたが、すぐに冷静な顔つきに戻った。

「住みかは、ここなんですかね」

蕎麦屋は一軒家だ。二階がある。

「おそらく上だろう」

「上も明かりがついていませんね。やはりさらわれたんですかね」

「そのおそれは強いな」

あの、と声をかけてきた者がいた。

「なんだい」

文之介は振り向き、相対した。立っていたのは、初老の男だ。やや背が曲がりかけている。

「夕方の件で、足を運んでいただけたんですね」

「夕方の件というのは、なんだい」

男は、あれ、という顔になった。当てが外れた様子だ。

「なんだ、ちがうんですか」

「夕方、なにかあったのか」

さすがに気にかかり、文之介は男にただした。

「ええ、ありました。だからあっしは自身番に届けをだしたんですよ」

「なにがあった」

「今日の夕方、数人の男がどやどやと乗りこんできて、あるじと太造ちゃんの二人を肩に担いで出ていったんですよ。そのあとを、麺棒のようなものを持った人が追いかけていきました」

伝説の男はやはりかどわかされたのだ。

「太造というのは、ここのあるじのせがれか」

「さようです」

「麺棒を持った者というのは」

「さあ、初めて見る顔でしたね。大きな顔をしていましたよ」

それをきいて、父上ではないか、と文之介は直感した。

丈右衛門の顔の特徴をいってみた。目が大きく、ややえらが張り、鼻筋が通っている。福耳で口が大きい。

「ええ、そんな顔をしていましたねえ。はっきりとは覚えてないですけど」

丈右衛門でまちがいないのではないか。

父がどうしてこの店にいたのか。

わからない。お知佳にきけば事情が知れるだろうか。

「二人を担いでいった者どもは、どっちへ向かった」

「北です」

深川の北は本所である。そのさらに先は向島だ。

とにかくお知佳に会って、話をきかなければならない。

文之介は勇七をうながし、丈右衛門たちが暮らす家に向かった。

すでに五つ近くになっている。町屋の多くは明かりを落とし、暗闇の海にどっぷりと浸かっている。

町人のほとんどは、眠りの船に揺られているのだ。

丈右衛門の家には明かりが灯っていた。

文之介は訪いを入れた。

ばたばたと足音がして、お知佳が顔を見せた。お勢をおぶっている。

「ああ、文之介さん」

ほっとしたような、残念なような顔つきをしている。

「父上は」

文之介は即座にたずねた。お知佳が眉を曇らせる。

「それがまだ帰ってこないの」

「どこへ行ったんですか」

「近くのお蕎麦屋さん」

「まずいという評判のですか」

そうなの、といってどういうことなのか、お知佳が説明する。

「そういうことですか。太造ちゃんにうまい蕎麦のつくり方を教えるように頼まれていたんですか」

「はい。それでようやく満足のいくものができあがって、竹見屋さんでつくることになったんです」

そこを謎の男たちに押し入られ、丈右衛門は追っていった。紛れもなくそういうことだろう。

どこへ行ったのか。

丈右衛門は無事なのか。

あの父上がそうたやすくやられるはずがなかった。

「あの、文之介さん。あの人になにかあったの」

お知佳にいわずにおくことはできない。文之介は話した。

「えっ、そんなことが」

お知佳が絶句し、呆然とする。

「大丈夫です。父上は必ず無事に戻ってきますよ」

文之介は確信とともにいった。丈右衛門の運の強さを信じきっている。

その思いはお知佳にも通じたようだ。

「ええ、あの人のことだもの、きっと大丈夫よね」

「そうですよ。父上は海の底に沈められても、必ず這いあがってくるような男ですから」

その通りだとばかりに勇七が大きくうなずいた。

それにしても、夜になってしまっているだけに、今は打つ手がない。朝がくるのを待つしかなかった。

いったん町奉行所に戻り、どんなことがあったか、上役に当たる桑木又兵衛《くわきまたべえ》に話さなければならない。

町奉行所に戻るというのは、態勢を立て直す意味もある。仕切り直しといったらいいのか。

文之介はお知佳に、出直してきますと告げた。

「すべては明日の朝からです。しかし、もし父上が戻ってきたら、明日の朝でけっこうですから、つなぎをください。それから、お義母上《ははうえ》、少し眠るようにしてください」

わかりました、とお知佳がいった。

「眠れるかどうか、わからないけど、努力はしてみるわね」

まんじりともしなかった。

というわけでもなかった。

奉行所から八丁堀の屋敷に戻って、文之介はうつらうつらした。

屋敷には勇七の姿もある。妻の弥生のもとにいったん戻ったが、文之介とすぐさま動きだせるように、文之介たちの屋敷に泊まりこむことにしたのである。

夜明け前に文之介と勇七は屋敷を出て、丈右衛門の家に向かった。

まだ明けやらぬ空の下、お春が見送ってくれた。

「気をつけてね」

「ああ、まかしておけ」

文之介は力強くいった。

「今日の夜こそは西瓜を食べるぞ」

「ええ、そうね。楽しみね」

「お知佳さんからつなぎがなかったということは、ご隠居、うちに帰ってこなかったんですね」

歩きはじめて勇七がいった。

「まだつなぎをよこさねえだけかもしれねえが、お義母上の性格からして、そいつは考えにくいな。俺たちに父上が無事に戻ってきたことを、一刻も早く知らせたくてならねえはずだからな」

深川富久町に着いたときには、空が白々としはじめていた。

「しかし、かぼちゃと西瓜の届け主が知れてよかったですね」

勇七が快活な声を発した。こんなときだからこそ、楽しい話題を持ちだしてきたのは明らかだ。

「ああ、さすがお春だ。俺の嫁さんだけのことはある」

「しかし、ご隠居もさすがですね。いろいろなところに網を張っていたんですね。困っている人を見逃さない」

「それでも、困っている人、全部を助けるなんてことは、できなかったんだろうが、たいしたものだなあ」

「旦那も目指しますかい」

「そうだな。できるものなら、どこにでも目が届く男になりてえもんだ」

家に行くと、お知佳がすぐに出てきた。やつれている。まんじりともしなかったのだろう。

お知佳の背中で、お勢は穏やかな寝息を立てていた。

それを見て、やはり父上は大丈夫だと文之介は思った。

赤子は勘が鋭い。もし丈右衛門の身になにかあったのなら、ぐずるなどしてお知佳を困らせ、今みたいにぐっすりと寝入ることなど、あり得ないだろう。

「結局、あの人、帰ってこなかったの」

「必ず帰ってきますから、義母上、案じないでください」

その言葉をきいてお知佳がにこりとする。

「そうね、あの人が帰ってくるのを、笑って待つことにするわ。悲しんでいても、仕方ないものね」

「その意気ですよ」

文之介も笑みを浮かべた。勇七もにこにこしている。

「それがしが見つけ、首に縄をつけてでも引っぱってきますから、義母上はこちらでお待ちください。父上を捜しだそうだなんて、思っちゃならないですよ」

気がほぐれたようにお知佳がくすりと笑う。

「わかっているわ。文之介さん、よろしくお願いします」

「まかせてください」

力強くいって、文之介は振り返った。勇七のよく光る目がじっと見ている。

「よし、勇七、行くぞ」

へい、といって勇七が腕を突きあげた。

「行ってらっしゃい」

お知佳も声を張る。

「いってらっちゃい」

お勢も目を覚ましていた。お知佳の肩越しに顔をのぞかせている。

「行ってくるよ」

手を振り、文之介はお勢に向かっていった。

家の外に出ると、東の空はだいぶ明るくなっていた。

ただ、雲があるようで、太陽の姿は望めない。

当分のあいだ、暑くなりそうにない。動きまわるのには、とてもありがたかった。

「それで旦那、どうしますかい」

そうさな、と文之介はいって、うしろを振り返った。

「勇七はどうしたらいいと思う」

「ご隠居は、謎の連中につかまってしまったんですかねえ」

勇七が少し沈んだ声でいう。信じたくないという気持ちが顔に出ていた。

文之介も同じ思いで、唇を噛んだ。

「考えたくねえが、おそらくそういうことだろう。深追いして、敵の手に落ちちまったんだな」

親父らしくもねえ、と文之介は思ったが、責める気など毛頭ない。寂しさをはらんだ風が、心のなかをすうと吹き抜けていっただけだ。

しかし、親父もただの人だってことが、これではっきりしたじゃねえか。せがれの俺が助けだす。それで万事解決だぜ。

腹に力をこめ、文之介は懐に手を入れた。そこには父譲りの十手がしまわれている。

「ご隠居は、蕎麦屋の親子ともども監禁されているんでしょうね。それがどこなのか、知るためには、蕎麦屋の主人の背景を知ることが一番の早道のような気がしますけど、旦那、どうですかい」

その通りだ、と文之介はいった。

まず富久町の町名主《まちなぬし》の家に行った。

「こんなに朝早くすまねえ」

「いえ、かまいません。もうとうに起きだしていましたから」

町名主は穏やかな口調でいった。

「人別帳《にんべつちょう》を見せてもらいてえ」

「お安いご用です」

すぐに、やや古ぼけた帳面が文之介の前に出された。

すまねえな、と文之介は帳面を受け取った。

「ところで、竹見屋の親父の名はなんというんだ」

「ああ、あの人は、順造《じゅんぞう》さんです」

そういう名だったのか。迂闊《うかつ》なことに、紺之助のところできき忘れていた。

順造かい、と思って文之介は帳面を繰りはじめた。

すぐに見つかった。前の住みかは、本所清水町《ほんじょしみずちょう》になっていた。

横川《よこかわ》沿いに広がる町である。

「人別送りはちゃんとされているな。五年前だ」

「ああ、はい。手続きは順造さん、ちゃんとされましたよ」

うん、と文之介は顎を動かした。

「竹見屋だが、あれは借家かい」

「いえ、あれは順造さんがぽんと買ったんですよ」

「へえ、そいつはすごいな」

「ええ、お金は相当持ってますね。でなければ、閑古鳥が鳴き続けている店を、ずっとやってはいられないですよ」

文之介は町名主に礼をいい、勇七とともに再び外に出た。

雲がいつしか切れ、太陽が出てきていた。げんなりするような強い光をすでに放っている。斜めに入りこむ陽射しを浴びて、地面が熱を帯びだしていた。

文之介はうつむかなかった。暑さに負けることなく歩き、本所清水町にやってきた。自身番に行き、以前、順造が住んでいた家への案内を頼んだ。

「順造さんですか」

文之介が顔だけはよく知っている書役らしい男が声をあげる。

「いま御牧の旦那がおっしゃったところに、順造さんという人が住んでいたことはありませんよ」

「なんだって」

まったく考えていなかったことで、文之介は声をあげた。勇七も意外そうな顔をしている。

「行ってみますか」

軽くもみ手をして書役が申し出る。

「ああ、連れてってくれ」

書役の先導で横川沿いを歩いた。ずいぶんと北にやってきたのに、潮の香りはこのあたりでもかなり濃く漂っている。

「こちらですよ」

書役が指さしたのは、一軒の廃屋だった。屋根が傾き、庇が垂れて、今にも潰れそうになっている。

人が住まなくなって久しいのは、いわれずともわかった。

「これでどのくらい空き家なんだ」

「かれこれ十年近くになりますかね」

「どうして建て替えねえんだ」

「家主はもちろんいるんですよ。家作をいくつか持っている人なんですが、この人が運のない人でしてね」

もったいをつけるように書役が少し間を置いた。

「新しい家を建てるたんびに、火事に遭うんですよ。それで新しい家を建てるのが億劫《おっくう》になっちまって、いま持っている家作は全部古い家になってしまっているんです。もちろん、この家が一番ひどい状態で、あとの家は人がちゃんと住んではいるんですがね」

ふう、と文之介は息を漏らした。

人別送りが自分に都合よくいくように、順造は金を積んだに相違なかった。むろん、行方をくらますためだろう。

丈右衛門たちを救いだすための手がかりが切れてしまった。

むろんここであきらめる気などまったくないが、文之介としては、あらためて手立てを考える必要に迫られた。

第四章　強情二寸釘

一

暗い。

狭い。

そして臭い。

丈右衛門に順造、太造親子の三人が押しこめられているのは、ちっぽけな土蔵の二階である。

広さは二畳ほどで、板が敷かれているにすぎない。

首筋に痛みを覚えつつも、丈右衛門はどこか逃げだせる場所がないか、手のひらを押しつけて探っている。

今のところ見つかっていないが、あきらめるつもりなどまったくない。

「旦那、無理ですよ」

膝を抱えて座りこんだ順造が、あきれたようにいってくる。

「あきらめたほうがいいですって。相手は壁だ」

順造を見やって丈右衛門はにっと笑った。

「残念ながら、わしはあきらめが悪いんだ。生まれながらの性分さ」

性分ねえ、といって順造がじっと見る。

「旦那、お名をきかせてください」

「御牧丈右衛門さんというんだよ」

丈右衛門が答える前に、太造が伝えた。太造は元気だ。へこたれていない。

「御牧丈右衛門さん……」

きいた覚えがあるのか、順造が盛んに首をひねる。

「元は八丁堀の旦那だよ」

「ええっ」

丈右衛門を凝視しながら順造が口をあんぐりとあける。

「名同心といわれた御牧さまですかい。南町《みなみまち》の」

順造があわてて正座する。

「知っていたか」

ききながらも、丈右衛門は壁を探るのをやめない。

「知ってるもなにも、御牧丈右衛門さまといったら、悪人どもはみんな避けて通るっていわれたお方じゃないですかい。へえ、初めてお会いしましたけど、やさしげなお顔、されているんですねえ」

よくいわれることで慣れたものだ。丈右衛門はにこっとした。

「鬼のような男を思い描いていたのか」

「鬼とまではいきませんけど、それに近いものは」

「鬼になるのはたやすい。わしとしては、仏でいたかったんでな」

「仏ですか」

「意外か」

「いえ、そんなこと、ありません」

順造が笑いを漏らす。

肩から力を抜いて、

「なにしろ、十文でせがれの面倒な仕事を受けてくだすった人ですからね、仏に決まってますよ」

「完全に足が出たがな」

丈右衛門は静かに手をとめて、順造に目を当てた。

「おぬし、本当はうまい蕎麦をつくれるんだろう」

「わかりますか」

「ああ、蕎麦切りをつくる太造を余裕の目で眺めていた。あれは本当のつくり方を知っている者でないと、できぬ目だ」

「そんな目を、あっしはしていましたか」

少し戸惑ったような顔をして、順造が首を振る。

「気づきませんでしたね」

丈右衛門は伸びた顎のひげをなでた。

「それで、おぬしは何者なんだ」

順造が苦い笑いを頬に貼りつけた。

「ここまでご迷惑をかけて、なにもいわないってわけにはいきませんね」

息をついてから順造が唇をなめた。太造がじっと父親を見ている。

順造がちらりと太造に目をやった。丈右衛門に向かって深くうなずいてみせる。

「あっしは代打ちでございますよ」

思い切ったように口にした。

「代打ち。きいたことがあるな」

「ええ、さようでしょうね。頼み人に代わって、博打で勝負する者ですよ」

「ああ、そういう類《たぐい》の者か。だが、おぬしはもう引退したんだろう」

「ええ、だいぶ前に。足跡も消したつもりだったんですが、これだけあっさりとかどわかされちまったところを見ると、かなり前から居場所は割れていたようですね」

「かどわかされたのは、口封じのためか。そうではあるまい」

「口封じを恐れて姿を消したのは確かなんですけど、向こうにそれをやるつもりはなかったようですね」

「向こうとは」

「あっしを雇っていたやくざ者ですよ」

「誰だ、そのやくざ者は」

「旦那ならご存じでしょう。伴之助《ばんのすけ》という親分ですよ」

考えるまでもなく、丈右衛門は思いだした。

「ああ、よく知っているぞ。大物ではないか」

「まあ、そうですね。公儀の行う大がかりな普請《ふしん》には、必ず絡んできますから」

「商家をいくつも持っていたな」

「ええ、そういう商家に公儀の普請の札入れに参加させるんです。もちろん、そのときには談合ができていて、ほとんど落とすことができます」

「儲かるのだろうな」

「それはもう。御上はなんだかんだいって、どんぶりに近いですからね。勘定の仕方も相当、甘いですから」

座り直して順造がなおも話を続ける。

「争いになりかねないやくざ者同士が、縄張をめぐって代打ちで勝負するなんてのはいくらでもありますけど、あっしはそっちにはほとんど関係なかった」

「だったら、どんなのに関係していたんだ」

「今いった公儀の普請ですよ」

どういうことだ、と問うのはたやすかったが、丈右衛門は自力で答えを導きだしたかった。

先ほど談合という言葉を順造は使った。これではないか。

「わかったぞ。公儀の大がかりな普請は、誰もがほしい。談合ができていて、札入れで落とすことができる、といったが、最後まで落とす商家が決まらぬことが、ときにあるのではないのか」

鼻の頭を指でこすって順造がにやりとする。

「さすがに鋭いですねえ」

「なるほどな、その最後の二つの商家で、どちらが札入れで落とすか、決めるとき、おぬしがあらわれるということか」

「ええ、そういうことです」

「おぬしは、名のある代打ちだったんだろうな」

「おわかりになりますか」

「なにしろこうしてかどわかされるくらいだし、その前に消されるのを恐れて身を隠したといった。それはつまり、相当の秘密を握れる立場にいたからだろう。そういう者が凄腕でないはずがない」

「ええ、代打ちのなかでは最高の腕といわれてましたよ。なにしろあっしは負け知らずですから」

「ほう、そいつはすごい。おぬしの居どころを知った伴之助が、よくすぐに連れ戻さなかったものだ」

「もう一人、最高の男がいたからですよ。確か、銀七郎とかいいましたね。あっしよりずっと若かった」

それなのに、と思い、丈右衛門は首をひねった。

「おぬしが急にかどわかされたのは、おぬしが急に入り用になったからだな。銀七郎の身になにかあったかな」

「それしか考えられないですね。伴之助の一家に対抗している一家の者に消されたというのも考えられますね」

そうだな、と丈右衛門は同意した。

「では、近々大勝負があるのか」

「あるんでしょうねえ。あっしの耳には入ってきていませんけど」

「相当の大金が動くのだろうな」

「それはもう。まず数千両はくだらんでしょうね」

「そいつはすごい。だが順造、金額までどうしてわかるんだ」

その問いに、順造が笑った。どこか晴れがましそうな笑顔だ。

「あっしが代打ちとして勝負の場に出るときは、必ずそのくらいの金が動くときだったからですよ」

二

格子戸の前に三人の子分がいるのは、昨日やってきたときと変わらない。

「おっ、これは御牧の旦那。ご苦労さまにございます」

文之介を目の当たりにするやいなやいっせいに腰を折る。

「その、ご苦労さまはよせ。俺はおめえらの一家の者じゃねえぞ」

文之介は年かさの子分にいった。

「紺之助はいるかい」

「はい、いらっしゃいます。どうぞ」

錠がはずされ、格子戸がからからと音を立ててあいた。

「今日はおうかがいを立てなくていいのか」

「はい、御牧の旦那が見えたときは、なにもきかずにお通しもうせ、と親分がいわれましたので」

「さすがによくできた親分だ」

文之介と勇七は、昨日と同じ座敷に通された。

相変わらず風の通りがよい。涼しくて気持ちよかった。

「お待たせしました」

紺之助が半九郎と一緒に入ってきた。

「今日は行水は」

文之介はすぐさま紺之助にきいた。

「これからです。もう少し暑くなってからですね」

端座した紺之助が見つめてきた。

「それで今日は」

文之介はなにが起きたか、紺之助と半九郎に語ってきかせた。

紺之助が眉根を寄せ、半九郎は表情を厳しいものにした。

「ご隠居が行方知れず……」

そうだ、と文之介は紺之助にいった。

「それでだ、昨日の伝説の代打ちだが、順造という名でまちがいねえのか」

紺之助が考えこむ。

「ええ、確かそんな名でしたね。旦那にいわれなきゃ、あっしはずっとあの男の名は思いださなかったんじゃないですかね」

「順造がいるところに父上も必ずいる。紺之助、順造について、なにか思いだすことはねえか」

そうですねえ、といって紺之助が再び考えはじめた。

「ああ、すごい家に住んでいたって話をきいたことがありますよ」

「すごい家ってどこだ」

「あれは確か本所のほうですけど」

「清水町か」

「いえ、ちがいます。横川沿いじゃありませんね。もっと北のほうです」

文之介としては黙って、紺之助が思いだすのを待つしかなかった。

「わかりましたよ」

ぱんと膝を打ち、紺之助が文之介を見つめてきた。

「どこだ」

すかさず文之介はたずねた。

「南本所番場町《みなみほんじよばんばちよう》です」

「そこにすごい家を構えていたんだな」

「はい、そういうこってす」

「紺之助、助かった」

礼を述べて文之介は立ちあがった。

「御牧の旦那、里村さまは連れていかずとも大丈夫ですかい」

「里村さんは、おまえさんの警護があるだろう」

「いえ、用心棒はほかにも何人かおりますし、命知らずの子分どももいますしね。少しくらいなら里村さまをお貸ししても、へっちゃらですよ」

半九郎は、文之介たちについてきたそうな顔をしている。

「本当によいのか」

「もちろんですとも。里村さんが来てくれれば、千人力だ」

「では、借りてゆこう。里村さまも行きたがっているようですし」

「里村さん、本当にかまわんですか」

「俺は親分がよいなら、それで」

「よし、話は決まりですね。御牧の旦那、どうぞ、遠慮なく里村さまをお連れになってくだせえ」

「では、ありがたく」

文之介、勇七、半九郎の三人は紺之助の家をあとにした。南本所番場町に向かって駆けはじめる。

「里村さん、紺之助から離れて本当によかったんですか」

文之介は足を動かしつつきいた。

「ああ、大丈夫だ」

心配そうな表情を見せることなく半九郎がいいきった。

「親分は狙われてるというが、それは勘ちがいだろう」

そうですか、と文之介はいった。

「狙われているのは、俺だろう」

「ええっ」

文之介だけでなく、うしろを走る勇七も驚きを隠せない。

「誰が里村さんを」

「それがわからんのだ」

「ご内儀とお子さんは大丈夫ですか」

うむ、と半九郎が顎を動かした。

「どうやら妻子に手をだそうという気はないようだ。むろん、油断はできぬが」

里村半九郎を狙うなど、いったい何者だろう。半九郎の凄腕を知らないことは決してないだろう。それでも狙うとなると、その何者かも相当の腕を誇っていることになるのではないか。

「今は俺のことはよい。忘れてくれ。おぬしの父上や、凄腕の代打ち父子のことをなんとかせねばな」

半九郎がいい、その後、文之介たちは黙りこんだ。ひたすら走り続けた。

ようやく道は南本所番場町に入った。自身番を訪ね、順造のことを詰めている者たちにきく。

「順造さんですか。ええ、この町にいましたねえ。すごい威勢でしたよ」

町役人らしい者がなつかしげに目をなごませていった。

「すごい家に住んでいたそうだな」

「ええ、今もありますよ。六、七部屋は優にありますね。あんな大きな家に親子二人で住んでいたんですからねえ」

「その家は順造の持ちものか」

「いえ、ちがいます」

文之介は手がかりをつかめるという確信を抱いた。

「誰のだい」

「伴之助という人の持ち物です」

伴之助という名は、耳にしたことがある。

「やくざの伴之助か」

「さようです」

「確か、商家まで配下にしたがえているっていう話をきいたことがあるが、まちがいねえか」

「は、はい。さようにございます」

「伴之助は、この町に住んでいるのか」

「はい、順造さんの暮らしていた家の近くでございます」

「その家もでけえのか」

「はい、それはもう。大身のお武家の屋敷を思わせますから」

「そいつはすげえな。だが、思いあがっているんじゃねえのか。きっと玄関もつけているんだろう」

「さあ、それは手前にはなんとも。入ったことがございませんので」

背筋を伸ばして文之介は町役人に頼んだ。

「伴之助の家に案内してくれ」

自身番から、ほんの一町も離れていなかった。もともと南本所番場町は、さして広い町ではない。

「確かに宏壮《こうそう》だな」

腕組みをして半九郎がつぶやく。

優に半町四方はあるだろう。庭には木々が深く生い茂っている。部屋がいくつあるのか、見当もつかない。

大きな屋根が樹間の向こうに見えている。あれが母屋だろう。敷地のぐるりを半丈ほどの高さの黒塀がめぐっていた。

「よし、おめえさんはここまででいいよ。ご苦労だった」

ねぎらってから文之介は町役人を帰した。

「この伴之助という親分が、順造父子や文之介どのの父上をかどわかしたのか。この家に監禁しているのかな」

家に鋭い眼差しを注ぎつつ半九郎がいった。

「監禁する部屋に困るようなことはなさそうな家ですが」

「文之介どのの勘では、ここにはおらぬか」

「ええ、ちがうような気がします」

「実は俺もだ。ここに三人はおらぬ。そんな気がしてならぬ」

文之介は、わずかに見えている母屋を見つめた。

「伴之助とかいう親分に会う気か」

「どうするか、今それを考えているところです。しかし、やめておいたほうがよいでしょう」

「なぜかな」

半九郎だけでなく、勇七も理由をききたげだ。

「これだけの家を持つ親分が一介の同心に会うかどうか、わかりませんし、会えたところで、どうせとぼけるだけでしょう」

その通りだろうな、と半九郎が同意してみせた。勇七もうなずいている。

「そうすると、どうなる」

半九郎にきかれて文之介は、しばし目を閉じてからいった。

「伴之助の背景を探るのが一番よいのではないかと思います」

文之介と勇七、半九郎の三人は伴之助のことを徹底して調べはじめた。

こういうとき、練達の与力である桑木又兵衛がいるというのは、文之介たちの大きな力となった。

奉行所に戻り、文之介は一人、又兵衛の詰所へ向かった。

「やくざの伴之助か。知っているぞ」

開口一番、又兵衛はこういった。

「どうして桑木さまが伴之助のことをご存じなのです」

「一度、事件に関わったことがある。丈右衛門が担当した事件だった」

「どんな事件ですか」

「やつは配下にいくつかのやくざ一家を持っている。そういう一家の親分の首のすげ替えで、殺しの疑いがかかった」

「今も伴之助がぴんぴんしているということは、捕縛できなかったということですね」

「まあ、そうだ。証拠がなかった」

残念そうに又兵衛が唇を噛んだ。

「父上も手に入れることができなかったのですか」

「うむ。丈右衛門ほどの腕利きをもってしても、駄目だった」

さようですか、と文之介はいった。残念、珍しいこともあるものだ。だが、こたびの一件は、仇討《かたきうち》になるかもしれない。

小さく息を入れて又兵衛が口をひらいた。

「あの伴之助という男は、つい最近、矢島屋《やじまや》という石問屋を手に入れたばかりだ」

表情をゆがめ、憎々しげにいった。

「公儀のほうで大きな普請の入れ札があることを先読みし、石を入れることでさらに大儲けしようという魂胆だ」

なるほど、と文之介は首を上下させた。

「確か矢島屋には、向島と小梅瓦町《こうめかわらちょう》に別邸があるぞ。どちらかに三人は監禁されているのではないか」

しかし、と間を置かずに又兵衛が続けた。

「伴之助がその順造という男を必要とした理由はわかるが、どうしてかどわかし、監禁する必要がある」

「順造がうん、といわぬからでしょう。それと、おそらく太造というせがれを人質に、代打ちをやらせようという企みがあるからでしょう」

そういうことか、と又兵衛が深くうなずいた。

「よし、人数をいつでもだせるように手はずをととのえる。文之介、おまえは三人の監禁場所を突きとめろ」

「わかりました」

文之介は立ちあがりかけて、とどまった。

「桑木さま。伴之助はほかにも商家を持っているのですね」

「ああ、いくつかな」

「どれも公儀の普請に関係している商家ですか」

「ああ、そうだ。文之介、ほかにも監禁場所があるのではないかと考えているのか」

「はい」

「そうか。おまえがそういうのならば、ちと考えてみよう」

又兵衛が腕をこまねく。じっと下を向いている。

「そういえば、材木問屋もほんの半年ばかりまえに手に入れたという話だったな。あれも向島に別邸があったはずだ」

「材木問屋はなんという名ですか」

「確か、丙誠屋《へいせいや》といったな」

「別邸は向島だけですか」

「あと、木場《きば》のある山本町《やまもとちょう》にもあったか……」

わかりました、と文之介はいった。

「これで失礼します」

「監禁場所は見つかりそうか」

「はい、桑木さまのおかげで」

「矢島屋と丙誠屋、その二つの商家のどちらかに、三人は隠されていると思うのか」

「はい、あくまでも勘ですが」

そうか、と又兵衛が安堵の色をかすかに見せた。

「おまえがそういうのなら、まず大丈夫だろう。おまえの勘のよさは、親父譲りだ。きっと当たっていよう」

又兵衛があたたかな目で文之介を見つめる。

「勘の当たらぬやつは、実直に実績を積みあげることはできるが、最後の肝心要《かなめ》の仕事ができぬ。文之介、期待しておるぞ。親父どのたちを救いだすために力を尽くせ」

「承知いたしました」

文之介は又兵衛の詰所をあとにし、奉行所の建物を出た。敷石を踏んで、大門に戻った。

勇七と半九郎の二人が暑さを避けて、大門の下で待っていた。

文之介は又兵衛からきいた話を、二人に伝えた。

「向島に二つ、それと小梅瓦町に深川山本町か。この四つのうち、文之介どのはどこだと思う」

案じ顔の半九郎にきかれた。

「正直、わかりませぬ」

「俺も同じだ。虱《しらみ》潰《つぶ》しにするしかないか」

「その必要はないんじゃないんですかい」

いったのは、それまで黙っていた勇七だ。

「どうして」

「別邸なんてものは、ふだん、ほとんど人の出入りがありませんよね。今、銀七郎さんの代わりに代打ちさせようと、親分の伴之助は太造ちゃんを盾《たて》に順造さんを脅そうとしているんですよね。大事な大勝負を前にしている以上、伴之助自身、じかに順造さんを脅しにかかると考えるのは、自然なことだと思います。となると、伴之助にしたがっている子分どもの出入りが繁くあるところが、三人の監禁場所だと思うんですが、どうですかい」

「さえてるなあ、勇七」

文之介は勇七の肩を叩いた。

「まったくその通りだぜ」

「うむ、いわれてみれば、当たり前のことだが、気づかなかった。勇七どの、感服した」

半九郎が頭を下げる。

「いえ、そんなほめられるほどのことはありませんよ」

「いや、勇七、おめえはすげえよ。たまにきらりと光ることがあるんだよな」

「たまにですかい」

「ああ、いつもじゃねえよな」

「はあ、さいですね。いつも光ることのできるようにがんばりますよ」

「がんばらずともいいんだ。昼行灯《ひるあんどん》もたまには役に立つってことを見せるのも、大勢の者の励みになるからな」

なんですって、と勇七がにらみつけてきた。

「誰が昼行灯ですかい」

「ああ、すまねえ。勇七は昼行灯なんかじゃねえよ。夏の火鉢みてえな男だ」

「やっぱり役立たずといってるんじゃないですか」

「ちがうぜ。火鉢は蚊遣《かや》りにできるんだ。いざというとき、役に立つって意味だ」

「本当ですかい」

「俺が嘘をいったことがあるか」

「あまりありません」

「ときにはあるみてえじゃねえか」

「あったような気がしますねえ」

「こんなときだ。二人ともその辺にせんか」

半九郎があいだに入る。

「すみません」

二人は同時に謝った。

「四つある別邸のうち、まずはどこから行こうか」

「近場から行きましょう」

「近場というと」

文之介は軽く息を吐いた。

「ここからなら、深川山本町ということになりましょう」

三

鉄の連子《れんじ》がはまった小窓から、月が見える。満月に近い月だ。木材の濃い香りが漂ってくる。林立している材木の影がいくつも視野に入っている。

「満月に近い月ということは、こっちがしが東か」

太造が丈右衛門を見あげてきた。

「どうしてわかるの」

「もともと、陽が射す方角からわかっていたんだ」

「なあんだ」

「だが、満月は東からのぼるんだ。覚えておくといい」

「えっ、そうなの」

太造が驚き、尊敬の眼差しになる。

「半月はどこからのぼるの」

「南だ」

「じゃあ、三日月は西から」

「そうだ」

「へえ、初めて知ったよ」

目をきらきらさせて太造がさらに問う。

「どうしてそうなるの」

うっと声をだし、丈右衛門は詰まった。

「申しわけない、そこまではわしも知らんのだ」

「ふーん、そうなの」

丈右衛門は太造のつぶやきを背に、小窓の鉄の連子を両手でがっちりと握り締め、前後左右に動かそうとした。

だが、連子はびくともしない。

「旦那、無理ですって」

順造がのんびりとした声をかけてきた。

「人の力でどうにもなるものじゃ、ありませんて」

「どうにかしてみせる」

「旦那は強情ですねえ」

「五十六年間、それでずっと生きてきた」

「えっ、旦那、そんな歳なんですか」

いかにも意外そうに順造がきいてきた。

「見えんか」

「だいぶ若いですね。あっしは四十五ですけど、同じか下に見えますもの」

「若いといわれて、悪い気はせんな。もっと力が入るぞ」

丈右衛門は腕に力をこめて、連子を揺さぶろうとした。

「駄目だ、動かぬ」

丈右衛門は板敷きの上に、どすんと腰をおろした。埃や塵などが下に落ちてゆく音がした。

おっ。

腰をおろした拍子に板が少し動いたような気がしたのだ。

丈右衛門は腰をあげて、羽目板を探ってみた。

釘《くぎ》がゆるんでいて、一枚が外れた。

「取れた」

羽目板の下は、分厚い板が張りめぐらされていた。どこにも隙間はなく、指すら入りそうにない。

「なんと」

期待が大きかった分、丈右衛門はさすがにがっくりきた。

「ほら、みなせえ。無理は禁物ですよ」

「順造、おぬしはどうしてそんなにゆったり構えていられるんだ」

「だって、あっしは大勝負のためにここに監禁されているんですから。命までは取られないでしょう」

「じゃあ、大勝負の場に出るつもりでいるのか」

「ええ、そのつもりです」

「それで、伴之助を儲けさせるのか」

「命には代えられません。それに、太造が人質も同然ですからね」

「だからこそ、あきらめてなどいないで、逃げだす算段をせねばならんのだ」

丈右衛門は、二畳ほどの広さのある板敷きの間を見渡した。

家財などは一切ない。蚊がよく入ってきて、体中かゆくてならない。何ヶ所もやられている。

朝がきて、ほっとした。陽が射しこむと同時に蚊が退散していったからだ。

丈右衛門は這いつくばり、床板を探りはじめた。

どこか羽目板がゆるんでいるようなところはないか。

やはりないか。

ため息が出そうになるのを、丈右衛門はのみこんだ。

弱気になってたまるか。

「それにしても、どうして旦那までここに連れこんだんですかね」

「顔を見られたからだろう」

「じゃあ、旦那は生かして帰す気はないってことですか」

「さあな、伴之助の気持ちなど、よくわからん」

あれ、と順造が声をあげた。

「伴之助と会ったこと、あるんですか」

「ああ、あるぞ」

「そういえば、伴之助のことはよく知っているとおっしゃってましたね。伴之助と会ったのはいつです」

「わしが隠居する前のことだ」

「なぜ伴之助と会ったんです」

「殺しの疑いがやつにかかったからだ」

「やつは、誰を殺したと疑われたんですか」

「そこそこ大きな一家の親分だ」

「ほう、そんなことがあったんですか。あの男が自ら手をくだしたんですか」

「いや、ちがう。子分に命じてやらせた」

「どうして伴之助は、その一家の親分を殺したんですか」

「その一家の先代の親分がまず病で急死したんだ。まだ跡取りのせがれは若かった。十八か十九だった。伴之助はそのとき最も実力のあった男を使嗾《しそう》し、一家を乗っ取らせた。せがれは簀巻にされて川に流されそうになったところを、わしが助けた」

「そいつはよかった」

「なにも知らぬせがれは、一家を乗っ取った男を仇と狙いはじめた。わしはとめ続けた。だが、いつの間にかせがれはわしの目の届かぬところに行ってしまった」

「その後、そのせがれはどうしたか、わかっていないんですか」

「ああ、わかっておらぬ。元気にしているとよいが」

むっ。まさか。あのかぼちゃは……。

「どうかしましたか」

「ああ、いや、なんでもない」

ふう暑い、といって順造が手のひらで首筋の汗をぬぐう。

「伴之助はどうして新たに据えた一家の親分を殺したんですか」

順造があらためて問うてきた。

「使嗾して跡取りを追いださせたのち、その親分を排し、自分の息のかかった者を親分に据えるのは、はなから決まっていたことだったんだ」

「つまり外様《とざま》を殺し、譜代《ふだい》を据えたということですか」

「うむ、そういうことだ」

「ひでえもんだ。外様を殺した下手人はつかまったんですか」

「いや、まだだ」

「その男をつかまえて吐かせれば、伴之助をとらえられるのに」

無念の気持ちを心に抱いて丈右衛門はかぶりを振った。順造がはっとする。

「旦那は、もうとっくに口封じされているとお考えに」

「あの用心深い伴之助が始末しておらぬとは考えにくい。あるいはわしが追いつめたことになったかもしれぬ」

「ああ、旦那がしつこく調べたことに恐れを抱いた伴之助が、さっさと始末したってことですか」

そういうことだ、と丈右衛門は苦い思いとともに口にした。

下のほうで、重い扉があく音がした。その直後、階段をあがってくる足音が響いてきた。

左手の新しめの壁の一尺四方ほどが、いきなりぱかりとあいた。ぼんやりとした明かりが、丈右衛門たちのいるところに忍びこんでくる。

「あっ、あんなところにあんな窓がある」

太造が声をあげて、指さした。

「久しぶりでございますな」

そこから顔を見せたのは伴之助だ。頭が薄く、目が細い。蓋をのせた椀《わん》のような平べったい輪郭をし、その上に意外に高い鼻がある。全体を見たとき、油断のならない男という思いを強く覚える。

「今のはわしにいったのか」

伴之助をにらみつけて丈右衛門はたずねた。

「ほかに誰がいますか」

いやらしそうな目つきをして逆にきいてきた。

「久しぶりに会うというのなら、順造もそうだろう」

「順造はわしの子分だった男。ていねいな言葉をつかう要はありますまい」

「子分だったことなど、一度もないぞ」

順造が鋭く声を発した。

はん、と伴之助が小馬鹿にしたように笑った。

「家を与え、女も与えたではないか。その女と子もなした。残念ながら、その女は死んじまったが」

太造が目を大きくしている。伴之助をにらみつけていた。

「そうだ。わしの与えた女が産んだ子がおまえだ」

「おっかさんの名はなんていうの」

素直な声にきかれて、伴之助は少し面食らったようだ。

「名だと。おまえ、知らないのか。順造、教えていないのか」

「教えたところで仕方あるまい」

「相変わらず冷たい男よ。よしよし、わしが教えてあげよう。おまえの母親は、おたつといったんだ」

「おたつ……」

「気のよいおなごだった。ただ、体が弱かった。順造があまりに激しくしすぎて、寿命を縮めたようなものだ」

「なにをいう。もともと肺を患《わずら》っていたではないか」

「おや、そうだったか」

「とぼけやがって」

伴之助、と丈右衛門は静かに呼びかけた。

「どうしてわしをつかまえた」

「なんだ、わかっていないんですかい。なぶり殺しにするためですよ」

「やれるのか」

「やれますとも」

「おまえ、どうしておじさんにそんなことをするんだ」

目に怒りをたたえて、太造が叫ぶ。

「大人にはいろいろあるんだ」

「わしがおまえを追いつめたからか」

丈右衛門がいうと、そうですよ、と伴之助が認めた。

「うぬの探索はまったくもって執拗《しつよう》この上なかった。いつしっぽをつかまれるか、わしはひやひやしていた。うぬを殺そうと思ったことは、一度や二度ではない。だが、町方を殺したら、町奉行所全体を敵にまわすことになる。わしはかろうじて自重した。今、うぬは隠居だ。ようやく念願をうつつのものにできるときがやってきたんだ」

「確かにわしは隠居だが、せがれは町方だ。番所全体を敵にまわすことになるのに、変わりはないぞ」

「だが、現役の同心を殺すよりはずっとよかろう」

「ふむ、本当にやる気か」

「怖いか」

「怖いだと。そんなわけがあるはずがない。おまえごときに、わしが殺されるはずがない。格がちがう」

「格がちがうか。いつまでたっても傲慢な男よ。いいか、歩だって玉を殺すことができるのだぞ」

「歩か。あの邪魔な親分を殺させた男はまさに歩でしかなかったな。今はもう海の底か」

「簀巻など面倒なことはせん。毒を飼って、この壁に塗りこめた」

伴之助が手を伸ばし、壁をさする。

「頭はこのあたりにあるかな」

「口を滑らせたな、伴之助」

「証拠になるとでもいいたいのか。無理だ。うぬはここから生きて出られぬ」

「順造もきいたぞ」

「順造はせがれを人質にすれば、なにもしゃべらぬ」

「汚いぞ」

また太造が叫んだ。

「うるさい。まったくきんきんと頭に響いて、たまらんわい」

窓がきしんだ音を立てて閉まった。

階段をおりる足音が遠ざかり、やがて扉がどしんと閉じられた。

うしろの壁からぱらぱらぱらとなにかが落ちてきた。土の破片だ。

おっ、と声をあげて丈右衛門は振り向いた。壁を探る。

「ここが薄くなっているぞ」

膝立ちになった丈右衛門の肩あたりの高さである。一寸四方がほかより少しだけえぐれたようになっている。

「えっ、本当ですか」

順造がのそのそとやってきた。

「しかし薄くなってるからって、どうにもならないですよ」

「いや、なんとかなる」

丈右衛門は、先ほど取れた羽目板を手にした。そこから釘を抜く。

長さ二寸ばかりある古釘だ。

それでかりかりと、薄くなっている壁をやりはじめた。

「気が長いですね」

「うるさい」

「すみません」

「おじさん、しょんべんだよ」

太造が不意にいった。

「土はやわらかくすれば、崩れやすくなるんでしょ。この壁も、もともとは土なんでしょう」

厠《かわや》がないから、ここでは垂れ流しだ。どうしても我慢することになる。いま腹に一杯にたまっている。

「よし、まず太造からやれ」

うん。立ちあがった太造が小便をかけはじめた。

「若いから勢いがいいね」

感心したように順造がいう。

太造が小便を終えた。小便のにおいが漂いはじめたが、丈右衛門はむろん気にしなかった。

「おいらがやるよ」

丈右衛門から釘を奪い取るようにし、壁を掘りはじめた。思った以上にぼろぼろと取れてゆく。

「あっ。こいつは安普請だ。左官が手抜きしやがったな」

叫ぶようにいって順造が立ちあがった。

「あっしもかけますよ」

着物の前をまくった。

しずくがかからないように丈右衛門と太造はうしろに下がった。

順造が小便を終えた。すぐに順造自身が釘を使いだす。

拳くらいのかたまりがぼろりとこちら側に落ちてきた。

「こいつはたやすいぞ。もう一息だ」

順造が憑かれたように、釘をがっがっと壁に突き刺している。代わるぞ、という丈右衛門の声が耳に入っていない。

「これでどうだ」

一声叫んで、順造が渾身《こんしん》の力をこめた一撃を壁に食らわした。

だが、壁はなんともない。

「ちっ、まだ駄目かい。しぶといな」

順造がもう一撃を放とうとしたとき、いきなり太造の頭くらいのかたまりがごろりとはがれた。

「うおっ」

順造があわててうしろに下がる。かたまりはどんと床に落ちた。

「外が見えるよ」

すぐさま穴に近づいて太造が外をのぞき見る。

「誰もいないや」

確かに暗闇のなか、うっすらと低い塀が見えている。

だが、まだようやく柿ほどの穴があいたにすぎない。せめて西瓜くらいの大きさにしないと、外には出られない。

丈右衛門も壁に向かって小便を放った。

それから、一本の釘で地道な努力を繰り返した。


東の空がしらじらと明けてきた。

ついに丈右衛門がくぐり抜けられるほどの穴が壁にできた。

その前に太造だけでも逃がそうとしたが、太造は頑としてきかなかった。おとっつぁんとおじさんと一緒に出る、と。

「よし、行こう」

まず太造を先にだした。次に順造。最後が丈右衛門だった。

穴からの高さは一丈ばかりあったが、怖いなどといっていられなかった。下は草地で、土はやわらかくなっているはずだった。

思った通りで、次々に飛びおりた三人は足を痛めるようなことはなかった。ちょうど蔵の裏手に出たために、人目はまったくない。半丈ほどの高さの黒塀を越えれば、あとはすたこらさっさだ。

半丈の塀などたいしたことはない。丈右衛門は太造を抱きあげ、塀の上にのせた。順造は自力であがった。

丈右衛門も同様だ。

「よし、おりよう」

屋敷のなかは静かなものだ。誰も気づいていない。

三人は塀を飛びおりた。目の前は木場になっており、見渡す限り、おびただしい材木が浮いていた。

さすがに木場を突っ切るわけにはいかない。黒塀沿いに走りはじめた。

いきなり順造がなにかに足を取られて、転んだ。

放置されていた板きれを踏んだようだ。ばきっと音がした。その音が雷鳴のように静寂を切り裂いた。

屋敷のなかの者たちが動いた気配がした。

「逃げたぞ」

近くで大声がした。

「急げ」

丈右衛門は順造を引っぱりあげた。その途端、順造が顔をしかめた。

「痛てて」

「どうした」

「足をくじいたみたいです」

順造を担ぎあげるかのように、丈右衛門は肩を貸した。

「行くぞ」

走りだしたが、ほとんど歩いているようなものだ。これではすぐに追いつかれてしまう。

丈右衛門はうしろを見た。影がいくつも駆けてくるのが目に入った。距離はもう十間もない。

まずいぞ。

なんとかしなければ。

気ばかり焦る。

落ち着け。落ち着けばなんとかなる。

ちらりと横を見た。

木場の丸太に移るか。だが、落ちたら二度とあがれぬぞ。

そんな危険は冒せぬ。

そんなことを考えているうちにも、伴之助の子分たちとの距離は詰まってきた。もう三間もない。

いずれも得物《えもの》を手にしている。ここでつかまったら、丈右衛門はなぶり殺しにされるだろう。

丈右衛門は舌を嚙みたくなった。だが、お知佳とお勢の顔が脳裏に浮かび、それはとどまった。

もともと嚙む気などない。

ここであきらめてどうする。

自らを叱咤《しった》する。

とうとう距離は一間まで迫った。子分どもの荒い息づかいが耳に飛びこんできた。

四

板が割れるような音のあとに、逃げたぞ、という大声がした。

逃げたというのが誰を指すのか、文之介は考えるまでもなかった。

どうやったかわからないが、丈右衛門たちは脱出したのだ。今どこかを走っている。

――生きていた。

安堵の思いで、腰が砕けそうになる。

だが、そんなことをしている暇はない。

「行こう」

文之介は、声がしたほうに駆けはじめた。

「へい」

うしろを勇七がついてくる。半九郎はしんがりをつとめている。

屋敷の黒塀沿いに走った。ちょうど自分たちのいた反対側から、声がきこえてくる。

文之介は駆けに駆けた。すでに十手を握り締めている。

二度、角を曲がった。木場に出た。

ほんの五間ばかり先のせまい道の上で、もみ合っている十人以上の人影が見えた。

「父上っ」

文之介は鋭く声を発した。

「文之介っ、遅いぞ」

「申しわけない」

叫ぶようにいって、文之介は人影の群れのなかに飛びこんでいった。勇七が続く。

すでに夜は明け、まわりは明るくなりつつある。顔の見分けはつく。

文之介は十手で、次々に男たちを殴りつけていった。容赦は一切ない。順造と太造は丈右衛門がかばっている。

男たちが次々に数を減らしてゆく。

しかし、いきなり十手がはねあげられ、空《くう》を飛んだ。

あっ、父上の十手が。

しかしいつまでも目で追っていられなかった。斬撃《ざんげき》が見舞われたからだ。

文之介はうしろにはね跳んだ。腰の長脇差を引き抜く。

足元がぐらりと揺れた。そこは木場で、文之介は一本の丸太に乗っていた。

用心棒とおぼしき浪人がかまわず丸太に飛び乗ってきた。

文之介は体勢を崩し、丸太に手をついた。そこを用心棒が刀を振るってきた。

かろうじてよけたが、切っ先が顔ぎりぎりを通りすぎていった。肝が冷えた。

刀を右手一本で構える。

「まかせろ」

場ちがいに思える快活な声を放って目の前に立ったのは半九郎だ。すでに抜刀している。

丸太の上でも微動だにしない。

「来いよ」

半九郎が左手を動かし、用心棒を手招いた。

しかし、用心棒は動かない。

「臆《おく》したか」

用心棒を見くだしたように半九郎が笑う。

「ならば、俺から行くぜ」

舌なめずりするようにいって、半九郎が丸太の上をなめらかに動いた。まるで能舞台を行くがごとくだ。

きさまぁ。怒号を飛ばして用心棒が斬《き》りかかってゆく。

上段から刀を落としてゆく。半九郎はよけた。すぐさま用心棒の刀が反転し、下段から半九郎の脇の下を狙ってきた。それも半九郎はかわした。

さらに袈裟斬りが見舞われる。瞬間、半九郎が前に出た。刀が小さくきらめいた。

うっ。用心棒がうめいた。刀が丸太の上に落ち、音を立てて転がった。

用心棒が右手で左手を押さえている。血が出てきていた。

「すまんな。小指をもらった」

用心棒の目に絶望の色があらわれた。小指を断たれては、もう両手で刀は握れない。

文之介はそろそろと丸太の上を動いた。しかしぼちゃんと片足が水についた。

「旦那っ」

「勇七、案ずるな。こっちに来るんじゃねえぞ」

文之介は手を伸ばし、丸太の上の十手を手にした。ほっとする。丸太を這いずって土の上になんとか降り立った。ふう、と安堵の息が漏れる。

「旦那、大丈夫ですかい」

悲痛な声を発して勇七が寄ってくる。

「ああ」

きさまあっ。右手で刀を拾いあげ、用心棒が片手で半九郎に斬りかかってゆく。

半九郎がよける。丸太がまわり、用心棒がよろける。半九郎が刀を振るって、用心棒の刀を弾き飛ばし、そのあと左手を伸ばして、用心棒の体をがっしりと受けとめた。

「ほれ、さっさとそっちへ行きな」

半九郎が用心棒を押しだすようにした。用心棒はふらつきながらも、文之介のそばまで来た。

文之介は用心棒の着物を引っぱった。用心棒は地面の上に力なくしゃがみこんだ。左手を見て泣いていた。

哀れだが、自業自得だろう。

文之介は丈右衛門の姿を探した。

いない。順造と太造が塀際で小さくなっていた。

「父上は」

「なかに入っていったよ」

「この塀を越えていったのか」

うん、と太造が答えた。

「きっと伴之助をとらえに行ったんだな。まったく余計なことを」

文之介は怒りを噛み殺し、勇七とともに塀を乗り越えた。

母屋まで行く必要はなかった。

丈右衛門が一人の男をずるずると引きずってくるのが目に入った。男は気を失っている。

おそらく、と文之介は思った。よほど手荒に殴りつけたにちがいない。

「伴之助に吐かせた」

文之介を認めた丈右衛門が首を落としている男に目を当てた。

「なにをです」

「向島でわしは気絶させられた。それなのにどうしてか、目覚めたときは木場にいた。ここは山本町あたりだろう。そのことを問いただした」

「伴之助はなんと」

「富久町から向島へまず行って大勢の者の目にわざとさらした。その上で舟に乗せてここまでやってきたそうだ」

「そういうからくりですか」

文之介は内心、にこっとした。自らの勘に頼って四つの屋敷を選び、最も近い場所へ向かった。そして十分な人の出入りが繁くあることを確かめたのだ。いつ乗りこむかときを計っていたら、いきなり騒ぎがはじまったのである。

五

蔵の新しい壁から死骸が本当に出てきた。

伴之助は獄門《ごくもん》が決まった。

銀七郎は紹徳の見立て通り自死だった。伴之助は頑として殺していないといい張ったのだ。獄門の決まった男が嘘をつく必要はない。

銀七郎は大勝負の重圧に耐えきれなかったのだろう。そのことを文之介が告げたとき、女房のおきみは大泣きした。死ぬことなんかなかったのに、と。

「しかし壁の死骸は気味悪かったよ」

そんなことを蕎麦切りをすすりあげながら、文之介はいった。

「あなた、ときと場所をわきまえなさいよ」

お春にぴしゃりといわれた。

「食べているときに死骸の話なんて」

確かにお春のいう通りだ。

「すまねえ」

文之介は首をすくめた。

「しかし、そんなのも関係ないほど、この蕎麦切りはうまいな」

盛んに蕎麦切りをすすりあげて丈右衛門は顔をほころばせている。

「ええ、本当に。すごいお蕎麦」

すかさずお知佳が同意する。

「おいちい、おいちい」

お勢は畳の上で手足をばたばたさせて喜んでいる。

「しかし、しばらくのあいだ、この蕎麦も食えないんだよな。今日が食べおさめだ」

箸をとめて丈右衛門が寂しそうにいった。

「どうしてですかい」

勇七が目をみはってきく。隣の弥生もびっくりしている。

「すみません、あっしたちのわがままで、しばらく上方に行ってくるんですよ。こいつがおっかぁの生まれ故郷を見たいっていうんでね」

「おたつさんといったね。上方のどこの生まれだい」

上方など行ったことはなく、興を抱いた文之介は順造にたずねた。

「なんでも京らしいんですよ」

「そいつはいい。名所見物もできる」

丈右衛門が一転、うらやましそうな声をだす。

「あなたさま、私たちもついてゆきましょうよ」

お知佳がねだる。少し甘えがまじった声だ。

「いいな。行くか」

「本当ですか」

「駄目ですよ」

文之介は丈右衛門にややきつくいった。

「どうしてだ」

「父上たちが上方へいらっしゃるときは、それがしが連れていくんですから」

「おまえが行くなんていったら、いつになるんだ。現役のあいだは江戸を離れられんのだぞ」

「それがしの引退まで待っていてください」

「冗談ではない。下手すると、死ぬまで行けぬではないか」

「父上は、そんなにたやすくたばりませんよ」

決めつけるように文之介はいった。

「いや、わしは体が弱い。最近は風邪も引きやすくなった」

「そんなことありません。勘ちがいですよ」

「おまえにわしの体のことなどわからんだろう。とにかく、わしはおまえに連れていってもらおうなどと思っておらぬ」

横を向き、文之介は、けっ、と吐き捨てた。

「強情な親父だ」

「文之介、きこえているぞ」

「きこえるようにいったんですよ」

「この親不孝者め。首を刎《は》ねるぞ」

丈右衛門がにらみつけてきた。

「できますか」

しらっとした顔で文之介は返した。

「できぬと思うか」

丈右衛門が腰に手を当てた。だが、そこにはなにもない。

「貸しましょうか」

「刃引きの長脇差でなんになる」

まあまあ、と半九郎があいだに入った。

「ああ、里村さん、命を救っていただきありがとうございました」

文之介は改めて礼を述べた。

「文之介どの、それはこの前、きいたぞ」

「里村どの、余計なことをしてくれたな」

丈右衛門が半九郎にいった。

「こいつなど、斬り捨ててもらえばよかったのだ」

「そんなことになったら、びいびい泣くくせに」

「泣くか」

「泣くに決まってますよ」

半九郎があきれたように勇七に語りかける。

「この父子はいつもこうなのか」

皆の顔を眺め回して勇七がにこっとする。

「いえ、今日は特別ですよ。きっとお互いの命があったのが、うれしくてならないんでしょう」

二〇一〇年五月　徳間文庫

光文社文庫

長編時代小説
息《い》吹《ぶ》く魂《たましい》　父子《おやこ》十手《じって》捕物《とりもの》日記《にっき》
著　者　鈴《すず》木《き》英《えい》治《じ》

2022年11月20日　初版1刷発行

発行者　鈴　木　広　和
印　刷　堀　内　印　刷
製　本　榎　本　製　本

発行所　株式会社　光　文　社
〒112-8011　東京都文京区音羽1-16-6
電話（03）5395-8149　編　集　部
8116　書籍販売部
8125　業　務　部

ISBN978-4-334-79449-1　Printed in Japan

組版　萩原印刷